那么远，这么近

——一位最美农发行人的农金之旅

马 标 著

河南大学出版社
HENAN UNIVERSITY PRESS
·郑州·

图书在版编目（CIP）数据

那么远，这么近 : 一位最美农发行人的农金之旅 / 马标著. — 郑州 : 河南大学出版社，2019.11
ISBN 978-7-5649-4001-0

Ⅰ. ①那… Ⅱ. ①马… Ⅲ. ①散文集－中国－当代 Ⅳ. ①I267

中国版本图书馆CIP数据核字（2019）第240493号

那么远，这么近
——一位最美农发行人的农金之旅
NAME YUAN， ZHEME JIN

责任编辑 任湘蕊　王丽芳
责任校对 薛巧玲
封面设计 翟淼淼

出版发行 河南大学出版社
地址：郑州市郑东新区商务外环中华大厦2401号　邮编：450046
电话：0371-86059752（自然科学与外语部）
0371-86059701（营销部）
网址：www.hupress.com

印　刷 北京虎彩文化传播有限公司
版　次 2019年11月第1版　**印　次** 2019年11月第1次印刷
开　本 890 mm×1240 mm 1/32　**印　张** 5.625
字　数 111千　**定　价** 39.00元

前　记

在中国金融界，有一家肩负着“支农为国、立行为民”使命的农业政策性金融机构——中国农业发展银行，多年来，矢志不渝坚守支农初心的价值追求和神圣职责，展示了农发行在服务乡村振兴战略中的责任和担当。在建设现代化高质量发展的农业政策性银行的道路上，涌现出了一批“最美农发行人”，他们用“最美”的事迹感染人，用“最美”的精神激励人，用“最美”的人格引导人，用“最美”的业绩鼓舞人，用实际行动践行了为人民服务的根本宗旨，展示了农发行良好的社会形象，成为金融系统及社会各界学习的榜样和楷模。

小人物大情怀，最美农发行人——农发行安徽省分行原办公室主任马标，为工作为事业鞠躬尽瘁，用生命诠释了农发行人“支农为国、立行为民”的忠诚担当与初心。农字当头，少不得栉风沐雨，田间地头调研；银字挂帅，自然要行走四方考察。作者记录的农金事业、为粮为农的点点滴滴，是新时代“三农”建设的一个缩影，是金融服务乡村振兴、精准脱贫的真实写照。而商旅采风中的文字，则于自然质朴间表达了一位老金融工作者对金融、对土地的浓厚感情。

“为什么我的眼里常含泪水？因为我对这土地爱得深沉……”笔耕农金路，远行的老马，永远在路上；最美农发行人——马标，永远活在大家心中。

王丽芳

目　录

上篇：最美的航标

003 / 开垦一片新沃土

——农发行安徽省分行积极探索“两轮驱动”发展之路

009 / 闯出一片新天地

——农发行安徽省分行支持新农村建设剪影

019 / 让农业的“命脉”更通达

——农发行安徽省分行支持水利设施建设侧记

026 / “小壶”烧水保收粮

032 / 让信贷与“粮”共舞

038 / 宛溪河不再令人“惋惜”

——农发行宣城市分行支持水利设施建设侧记

043 / 为了多彩的新安江

——农发行黄山市分行支持民生工程掠影

048 / 从坚持“钱等粮”到确保“粮出手钱到手”

056 / “煮饺子”的故事

——农发行安徽省分行支持夏粮收购纪实

061 / 让锦绣龙川更壮美

——农发行安徽省绩溪县支行支持民生工程巡礼

067 / 让惠民生成为农业政策性金融最强音

——写在农发行2010年度金融债券承销团组建之际

076 / 界首县农行不当“甩手掌柜”

079 / 四川农金农资系统支农见闻

082 / 阜阳地区农行支持生产自救不遗余力

084 / 宁波农行支持乡镇企业创汇

086 / 乡镇企业切莫“跟着感觉走”

下篇：最美的行走

091 / 草原夜色美

096 / 茶园满山坡

099 / 牯牛降凝眸

104 / 梨花又开放

108 / 漫步鼓浪屿

112 / 情寄桃花潭

116 / “皖韵”书香

119 / 万佛湖行吟

123 / 三清山摭记

125 / 回望黄山雪

127 / 过年的味道

131 / 想你，真的很玄妙

133 / 未名湖（外一首）

135 / 人到中年

136 / 永恒的瞬间

——献给“最美司机”吴斌

139 / 等候

尾声：最深的怀念

143 / 我和我的识途老马

148 / 爸，我想您了

151 / 皖香袅袅寄哀思

156 / 怀念马标先生

161 / 严冬送友人

164 / 你在那边还写作吗

167 / 神交

上篇

最美的航标

开垦一片新沃土

——农发行安徽省分行积极探索“两轮驱动”发展之路

过去提起农业发展银行，不能不说粮棉油收购；如今提起农业发展银行，不能只说粮棉油收购。

从“不能不说”到“不能只说”，虽然仅一字之差，却包含着农发行安徽省分行调结构、转方式、探索实施“两轮驱动”发展战略的创新历程，谱写着该行支持粮棉油全产业链发展和以支持新农村建设及水利建设为重点的农业农村基础设施建设的新篇章。

依托主体业务不动摇

人们认知农发行，最初是从其与粮结缘开始的。自20世纪90年代中期组建以来，农发行安徽省分行一直承担着粮棉油收购、调销和存储信贷业务。因采取过“收一斤粮，给一斤粮贷款；销一斤粮，还一斤粮贷款”的封闭管理措施被业界叫响，农发行又被社会称为“粮食银行”。

进入新世纪以来，随着粮食生产受水土资源约束逐步加大，加之种粮比较效益偏低，原本农业基础设施就很薄弱的安徽，粮食生产和农民收入要在连续数年增产增收的高基数上继续前行，面临着更多困难和问题。

无独有偶，农发行安徽省分行的粮棉油信贷业务也受到商品量和深加工的“瓶颈”制约。随着粮食供求平衡进一步趋紧，粮食流通市场不时传递出从“卖粮难”转变为“收粮难”，抑或是“卖粮难”与“收粮难”周期性交织发生的信号，国家“要粮”与农民“要钱”的矛盾凸显，加大了农发行执行国家粮食宏观调控政策的复杂性和操作难度。

晨曦中透出一缕耀眼的光。由于粮棉油市场多渠道竞争收购的加剧，以往单纯以收购为主的企业，其竞争优势逐渐被全产业链企业所取代，具备完整产业链的企业异军突起，并以其资金和成本优势独占鳌头，在粮棉油市场中扮演着重要角色。该行的决策者们意识到，传统信贷主体业务的发展必须顺应粮棉油产业新的变化，必须提升产品附加值和产业竞争力，必须重点发展和培育贸工一体化乃至贸工农一体化的优质大客户群体，围绕支持粮棉油产业链的产前、产中和产后各个环节发展信贷主体业务。

就在该行提出调结构，转方式，依托主体业务毫不动摇地探索支持粮棉油全产业链发展路径的关键点上，安徽省委、省政府决定实施农业产业化“121强龙工程”“532提升行动”，大力扶持龙头企业的发展。政府需要发展的，恰好正是农发行所要支持的，政银不谋而合，聚焦到了同一点上。

有了同频共振磁场的感应，农发行安徽省分行便把信贷资金的链条，无缝焊接在农产品加工产业链条上，开始了集聚催化裂变效能的释放。该行科学组合信贷产品，运用多类贷款品种，支持农业产业化企业向两头延伸产业链。截至2010年，农发行安徽省分行共支持产业化龙头加工企业377家，其中省级以上龙头企业192家，贷款余额112亿元。今年上半年对农业产业化龙头加工企业累放贷款72亿元，支持企业365家，其中省级以上企业180家，并首批为32个农业产业化项目争取到3年内贴息1.4亿元。

拓展支农领域不懈怠

如果把农发行依托主体业务，着力支持粮棉油全产业链发展比作实施“两轮驱动”发展战略的一个轮子，那么另一个轮子就是着力发展以支持新农村建设和水利建设为重点的农业农村基础设施建设中长期信贷业务。

安徽最大的省情是水情，最大的隐患是水患，最为稀缺的是旱涝保收的农田。春夏之交的严重干旱，让肥西县种粮大户李德尚的500亩土地，再次吞咽了农田水利设施薄弱的苦果。他租种的田分布在丰乐镇的偏远角落，浇灌时要把河水抽到塘里，再从塘里抽到沟里，如此折腾成本翻了几番。“这里的水利基础设施大多是20世纪五六十年代修建的，工程老化严重，一些沟渠受损、淤塞。”李德尚无奈地说。

从根本上扭转水利建设明显滞后局面，已成为保障农业稳定发展和国家粮食安全的迫切需要。

2009年，安徽省委、省政府结合农村土地整治整村推进工作。农发行安徽省分行如沐春风，率先在全省银行业吹响了支持治水、治污和土地整治“三治”项目的信贷集结号。该行以探路者的姿态，紧紧抓住安徽作为全国土地整治示范省的重要机遇，探索运用新农村建设贷款这个产品，把土地整治与治水治污、农民集中住房建设、现代农业发展以及农村公共设施服务有机结合起来，作为实施“两轮驱动”发展战略的主战场，用勇气与执着打造农业政策性金融支持新农村建设主导银行的品牌形象。

由于全行上下思想统一，信心坚定，采取的措施得力，项目对接的办法可行，得到了各级水利部门的大力支持。到今年7月末，该行各项贷款余额达964亿元，其中水利建设和新农村建设等中长期政策性贷款余额近500亿元。如今，治水、治污和土地整治“三治”项目在江淮大地齐头并进，落地生根。在六安淠河等治理项目的示范带动下，全行已净投放水利建设贷款105亿元，支持80多个防洪抗旱减灾体系建设和水环境、水生态治理工程。经过两年多的建设，项目基本建成，实现蓄水量达7100万立方米，使下游50多万亩农田实现了旱涝保收，年新增粮食1亿多斤。

农发行安徽省分行以土地整治为抓手，支持新农村建设的贷款项目更是精彩纷呈。为了积极稳妥做好土地整治项目信贷工作，该行与安徽省国土资源厅建立了常态化的沟通运行机制，省国土资源厅每批复一个项目，该行就跟进一个项目，独立审贷，快速办贷，对全省80%以上的土地整治项目给予贷款支持，累放额达332亿元。

又好又快不折腾

一场转变发展方式的深刻变革，把地处中部农业大省和粮食主产区的农发行安徽省分行推上了“两轮驱动”发展的“快车道”。

该行负责人坦言，发展是硬道理，不发展没道理，乱发展遭唾弃，更是最大的风险。由于目前尚处于探索阶段，一些制度或办法需要在实践中不断修订和完善。只有加强合规建设，强化信贷和风险管理，才能步入内生发展的良性轨道，提升“两轮驱动”发展的能力，才能遵循规律做到不折腾，保证又好又快可持续发展。

该行结合“合规管理年”活动，对政府融资平台贷款开展“回头看”工作，把风险缓释措施真正落到实处。当年下半年，该行应收回到期政府融资平台贷款15亿元，6月末应收账款质押账户存款余额达21亿元，完全覆盖了下半年还款本息。加强对政府融资平台的清理规范落实工作，已整改到位、符合退出为一般公司类贷款条件的地方政府融资平台客户12家，其中农发行作为牵头行的5家、作为参与行的7家，涉及贷款34.64亿元，占地方融资平台承贷贷款的8%。

与此同时，该行还结合实际，创造性地实施“卖地还贷、收回再贷、滚动发展”的封闭管理措施。凡以土地作为抵押的贷款，无论贷款是否到期，只要实现土地出让收入，就按比例收回贷款，并在合同补正中予以明确。2011年上半年通过土地出让收入收回贷款10.29亿元。

农发行安徽省分行依托主体业务不动摇，拓展支农领域不怠慢，遵循规律做到又好又快不折腾，积极审慎地驾驭农业政策性金融这辆“农字号直通车”，加大马力驱动“两轮”，奋力牵引信贷“犁铧”，探索出一条新路径，开垦出一片新沃土。

（原载于《农业发展与金融》2011年第10期）

闯出一片新天地

——农发行安徽省分行支持新农村建设剪影

8月江淮，酷暑难耐。经过一夜瓢泼大雨侵袭的乡村旷野显得有些凉爽与孤寂。但在安徽省肥西县官亭镇马河湾村村民李大爷家的露台上，雨后初霁，阳光映照着他的脸庞。李大爷高兴地掰着指头细数土地整治带给他家的种种实惠："全家人去年底住进上下两层的楼房，家里5亩多地出租给农业开发公司，儿子、媳妇在合肥打工，老两口闲时在村口企业揽点活儿干，一年下来全家收入四五万元不在话下。"

老人的好运源于安徽省正在实施的农村土地整治整村推进工程，而工程的助推者正是全省唯一的一家农业政策性银行——中国农业发展银行安徽省分行。

与富民政策同频共振

安徽曾是全国农业大包干、农业税费改革的发源地，也是全国开展土地整治较早的省份之一。

为了加快实现耕地集中连片，田水路林综合配套，促进现代农业发展，2009年中，安徽省委、省政府组织专门调研，省委理论学习中心组扩大会议专题研究并召开现场会，将土地整治整村推进上升到城乡统筹、科学发展的战略高度，全省各地随即掀起了土地整治整村推进的新高潮。

然而，推进农村土地整治，资金最为关键。根据全省土地综合整治规划，到2020年，全省整治1000万亩耕地，需200亿元；开展建设用地置换200万亩，获置换用地指标140万亩，需搬迁200万户，按每户财政补贴6万元计，需1200亿元，资金总需求达1400亿元。

“巧妇难为无米之炊”，受地方财力制约，安徽农村公共事业欠账过多，农业发展基础设施较弱，资金已经成为困扰“三农”问题解决的突出矛盾。怎样拓宽农村土地综合整治融资渠道，有效缓解资金难题呢？

在各级政府苦苦寻觅打开资金瓶颈“金钥匙”的同时，农发行安徽省分行的“中枢神经”也被农村土地综合整治的改革浪潮撞击着。

安徽省分行党委闻风而动，主动作为，乘势而上，将支持农村土地整治列入省分行党委班子的重要议事日程。该行党委书记、行长周良伟大会讲小会谈，再三强调：“农业政策性银行要寻求又好又快发展，增强自身支农功能，提高在支持地方经济发展中的话语权，就必须将‘信贷频道’调频调幅到省市政府高度关注、社会效益明显、惠及民生的治水、治污和土地整治‘三治’项目以及县域城镇建设项目上来，与党的富民政策保持同频共振。”

思路决定出路。针对支持土地整治整村推进项目无制度办法可依、无操作流程可循、无信贷科目归属的“三无”实际，省分行由行领导带队深入到肥东、长丰、来安、明光、当涂、桐城、凤台、南陵等十多个土地整治项目起步较早的县市开展调研与营销，积极探索农发行支持土地整治的途径和方式。

思想是行动的先导，行动靠制度引领。在掌握大量第一手资料的基础上，省分行多次召开行长办公会和专业会议，经反复研究、讨论及论证，对市场准入、承贷主体、贷款方式、期限利率、操作规程等一系列问题做了详细具体的规定，出台了《关于加强土地整治整村推进项目金融服务的指导意见》《关于明确土地整治整村推进项目贷款有关问题的通知》，并与省国土资源厅联合下发了《关于进一步加强合作共同推进土地整治整村推进工作的意见》，从指导思想、实施步骤、工作流程等方面做了周密安排。同时，省分行还与省国土资源厅建立了日常工作协调机制、信息共享机制和高层会谈机制，为全面支持土地整治工作打下了坚实基础。

同年10月，安徽省分行又紧锣密鼓在农村大包干发源地滁州市召开了由各二级分行行长参加的全省农发行支持土地整治整村推进工作专题会议，并特邀省国土资源厅、省金融办的负责人莅临会议指导，明确要求全行上下要紧紧抓住土地整治整村推进这一重大战略机遇，发扬敢为人先的精神，以新农村建设开发项目为载体，以防控风险为前提，整合现有中长期政策性信贷业务，坚持加快发展不动摇，坚持又好又快不变向，切实增强不快不行的危机感、非快不行的紧迫感、能快则快的责任感、又好又快的使命感，积极创新金融产品，努力打造支农品牌，在探索中蹚出一条打造建设新农村银行的新路子。

为民生工程添“薪”助燃

这是一条充满挑战又充满希望的路。

湖南民歌《采槟榔》中唱道：“高高的树上结槟榔，谁先爬上谁先尝……”农发行安徽省分行支持土地整治整村推进信贷业务在江淮大地一“亮相”，就验证了它的深刻内涵。

人们称赞的是敢为人先精神，看中的是建设新农村的银行。因为从20世纪70年代末80年代初起，每当农村改革的高潮来临时，发轫者总是在安徽。在向打造建设新农村品牌银行迈进的征途中，农发行安徽省分行决意要上树采一颗“槟榔”尝尝。

最先尝到滋味的当数农发行明光市支行。2009年10月，明光市在尊重农民意愿的前提下，想有步骤地推进农民集中居住、工业集中创业、土地集中统一经营，但按照县城征地拆迁补偿标准，要兑现相关补偿，安排宅基地，地方财政存在资金困难，一次性支付留有较大缺口，资金成为民生工程启动的“拦路虎”。

明光市支行了解到这一情况后，主动到市财政局、国土资源局和市城市建设投资公司及农业开发公司等部门沟通协调，达成共识后联合开展了广泛调研。明光市支行抽调业务骨干就政府负债率、偿债率、债务率等指标进行了科学测算，围绕土地整治整村推进的三种模式，拿出了三种贷款支持方案，并及时向市委书记、市长作了专题汇报。农发行的做法让两位党政“一把手”喜不自胜，不约而同地表示大力支持，当即表态成立由市长亲自挂帅的项目推进小组，采取倒计时的办法把任务分解到市直各有关部门。同时，省、市、县三级农发行也建立办贷绿色通道，从资料受理、初审、上报到调查评估，直至5000万元贷款审批投放，用最短的时间完成了整个流程。

这种先人着鞭、高效办贷的做法，让明光市支行尝到了甜头，市财政性存款专户和土地出让金专户随之开设在农发行，年底又一次性吸收7000万元财政性低成本存款。用他们的话说，就是“先”伴“甜”来，“甜”随“先”生。

有了明光市支行第一笔支持土地整治整村推进项目贷款的引领，到2009年底，全省农发行共向32个农村土地整治整村推进项目发放贷款37.98亿元，安置面积343.82万平方米，涉及农户

30136户，惠及村民95816位。

肥东县众兴乡华光村是农发行贷款9500万元支持的又一个新农村建设项目。该项目通过整合农村多余的宅基地，既有效增加耕地面积802亩，坚守耕地保护红线，又弥补城镇建设用地计划指标707亩，打通了统筹城乡建设用地通道，解决了城市发展用地问题，加快了城镇化和工业化进程。同时，还高标准建设了2个新农村安置点，安置农户357户，修建了配套购物中心、卫生院、敬老院以及生活污水处理等场所，实现了水、电、路、电信“四通”。

如今，走进肥东县众兴乡华光村新农村建设项目胡大郢新农村安置点，映入眼帘的是一幢幢白墙红瓦的皖南民居，高低起伏的马头墙让初具规模的民居显得错落有致。242户农民已经住进了整洁宽敞的楼房，水、电、硬化路面、绿化空地、沼气池、有线电视等基础设施正在全面完善。一个“喝干净水，用卫生厕，走平坦路，住整洁房”的新型农村社区正全新呈现。

55岁的村民胡调华是华光村新农村建设项目中第一批受益者之一，住在新房子里的他乐呵呵地说：“当初我是第一个同意拆迁的，那时有的村民还不理解，但我觉得，政府免费为我们建新房，拉通水电，还给补贴一部分资金，是好事。今年春节前搬进来后，自来水、电话、太阳能、网络等一应俱全，多亏了农发行贷款支持土地整治，要不我们哪能这么快生活得跟城里人一样！”

让支农资金落地生根

“农发行作为建设新农村的政策性银行，支农惠农是义不容辞的职责，关键在于如何让支农资金真正在农村落地生根，使支农资金真正惠及千家万户。目前全省探索实施的支持土地整治整村推进便是一种有益的尝试。”农发行安徽省分行行长周良伟如是说。

伴随着全省土地整治整村推进步伐的加快，农发行安徽省分行推出的以支持土地整治为主线的新农村建设贷款业务，像“刚出炉的面包”供不应求。为防止“脚踩西瓜皮——滑到哪里是哪里”和支农资金“走穴”现象的发生，省分行实施“一把手”负责制，省分行行长亲自负责项目对接工作，带领省分行有关处室负责人分别与全省17个地市政府主要领导、分管市长及有关部门就支持土地整治开展高端对话与对接，成熟的项目分别以高层会谈纪要的形式，建立支持统筹城乡发展与防控化解信贷风险合作机制，利用政府融资平台，发挥和放大信贷资金与财政支农资金集聚裂变效应，优化资产结构，提升可持续发展的承载能力。

为了确保支农资金在农村落地生根，安徽省分行按照总行相关规定，严格执行贷款准入条件，严格执行项目贷款额度不超过区域融资最高额度和项目资本金比例管理规定，依据地方财政能力或政府其他部门偿债能力合理确定贷款期限，落实政府部门授权借款人就项目进行融资和建设运营管理的相关文件。此外，省分行坚持每个项目均由省分行客户部门人员作为主调查人，并从省分行调查中心抽调精干力量组成评估小组实地开展调查。在调查中通过现场观测工程建设进度，走访施工单位和周边群众，核查政府融资平台账户以及核对项目招投标文件，对项目资料真实性和投资金额准确性进行核实，减少调查评估与实际情况的差异，避免由于评估不到位导致贷款决策失误。

为了使贷款早投放、项目早实施、效益早发挥，省分行对土地整治整村推进项目实行优先受理、优先调查评估、优先安排资金规模的“三优先”措施，同时对办贷流程和贷款附件尽可能简化，在项目调查过程中实行前台、后台“平行评审”，大大提高了办贷效率。在此基础上，省分行还成立了34个由省、市、县三级行有关人员组成的贷款项目金融服务小组和管理小组，将已审批的土地整治项目金融服务和管理责任明确到人，寓管理于服务，以服务促监管。

在此基础上，该行还严把“三关”，建立“三制”。首先是贷前审查关，建立高端核查机制。项目贷款在有权审批人签批前，由省分行分管后台的副行长、独立审查官、资深业务经理、区域风险经理或信贷管理处、风险管理处负责人到项目现场实地查看贷款条件落实情况，重点审核项目报批手续、有无“二次申报”项目、环评结果、用地审批、项目资本金等各项要求的落实情况，作为有权审批人签批贷款时必须落实的基本条件。

其次是贷前恳谈关，建立贷前约谈机制。由省分行客户部门在贷款发放前对项目所在地的市县行分管行长及客户经理进行约谈，逐项落实项目建设资金使用管理协议和项目资金支取审批手续等资金使用和贷款管理要求。

最后是资金支付关，建立信贷资金支付责任制。项目贷款在报有权审批人审批前，要在贷款条件落实上明确“三个责任人”：主要责任人（有权审批人）、重要责任人（分管行长）和经办责任人（客户经理）。

实践证明，通过上述措施的实施，在督促开户行严格落实贷款批复条件、防控信贷风险、保证专款专用和强化问责制等方面收到了事半功倍的效果。

农发行贷款3亿元支持的芜湖市南陵县大浦新农村建设试验区项目，就是一个“政府推荐，农发行独立审贷”的成功例证。该项目采用“政府引导、企业运作、村企共建、政策创新、金融支持、产业推动”的全新模式进行建设，为全省唯一一家由国家级产业化龙头企业负责投资实施的试验区，通过对原来分散村庄住户进行拆迁，统一安置，再对原有村落进行复垦，从而起到节约土地、集约化耕作的作用，建立现代农业生产和农业循环经济体系，实现集种植、养殖、加工、旅游观光等为一体的规模化经营。试验区规划面积16000平方米，涉及农户1810户，总人口

6900余人，吸引民间资金近10亿元参与土地整治整村推进、农业园区建设。

今年前7个月，全省农发行已累计发放贷款49亿元，支持土地整治整村推进项目45个，覆盖了14个市的56个县（区），实现复垦土地面积9.85万亩，新增有效耕地面积9.66万亩，可置换出建设用地面积9.35万亩，安置农民4.2万户，计151200人，建设安置房面积462万平方米，有力地推动了全省农村土地综合整治工作的开展，有效解决了工业化城镇化“缺地”、新农村建设“缺钱”、耕地保护“缺动力”、城乡统筹“缺抓手”等问题。

让支农资金在农村落地生根，真正惠及城乡千家万户，不仅对统筹城乡发展和社会主义新农村建设起到了助推器作用，而且让经历了艰辛探索和品尝了成功喜悦的农发行安徽省分行迎来了一片新天地。

（原载于《农业发展与金融》2010年第9期）

让农业的“命脉”更通达

——农发行安徽省分行支持水利设施建设侧记

冬日的太阳明晃晃地照在干枯的麦田里，旱象铆足劲儿和“喊渴”的庄稼进行着拉锯战。

正月十一一大早，安徽省蚌埠市淮上区梅桥乡朱海村村民高廷武就来到田边，清理麦田沟渠里的杂草，畅通水道。“现在麦田都是沟渠相连，抗旱时再也不用像以前那样靠自己取水浇灌，今年抗大旱，多亏了农发行支持农田水利设施建设，使每一块农田都能享受到‘命脉’通达的福荫。”随着他的感叹放眼望去，农田里新修的沟渠纵横交错，新建小蚌埠站的排灌设备全部打开，淮河水被翻引到沟渠里，正源源不断地灌溉着全村3000余亩麦田。

审时度势　信贷剑指治水“短板”

安徽是全国13个粮食生产区和6个商品粮净调出省区之一，也是水利大省，境内水系纵横，江河湖泊众多，水利建设任务历来十分繁重。

据省水利厅调研报告，全省的灌排工程大多修建于20世纪五六十年代，工程老化严重，用水效率低。农田旱涝保收水平不高，不少地区仍“靠天吃饭”。江、淮两大流域还有50多条一级支流、120多条二级支流没得到有效治理；全省尚有2000多座病险水库需除险加固，1.88万平方公里水土流失面积没得到有效控制；中等干旱年份全省缺水达60多亿立方米。尤其遭遇旱涝叠加灾害，更是凸显水利设施薄弱的“短板”，严重影响农业稳定和粮食安全。由此可见，水利是现代农业建设的首要条件，是经济社会发展的基础支撑，是生态环境改善的重要保障。然而，兴水利，除水害，离不开资金投入，被“基础脆弱、欠账太多”等问题困扰多年的财政，一时间拿出那么多真金白银谈何容易。这不是纸上谈兵吗？

2009年，安徽省委、省政府结合农村土地整治整村推进工作，明确提出了加快实现耕地集中连片，田水路林综合配套，促进现代农业发展的目标，并把农田排灌工程建设纳入民生工程，用民生连民心，以民心聚民力。

好风凭借力。农发行安徽省分行的决策者们从中触摸到了水利建设潜在的巨大资金需求和自身发展的广阔空间，他们迎难而上，知难而进，率先在全省银行业吹响了支持治水、治污和土地整治“三治”项目的信贷集结号，同时要求全行上下强化“等不起”的紧迫感、“慢不得”的使命感和“坐不住”的责任感，切实把支持农村水利设施建设作为农发行政策性中长期信贷业务发展的优先方向和重点，并以此作为制高点、切入点和着力点推进新农村建设。

机会不负有心人。农发行信贷剑指治水“短板”，得到了全省各级政府和有关部门的肯定与支持，“政府搭台，金融唱戏”的帷幕随即拉开。安徽农发行人看到了农业政策性金融崛起的希望，开始了信贷支持“三治”项目的探索历程。

突出重点 资金给力水利项目

农发行支持水利建设，犹如一块强大的磁石，迅速在全省显现项目聚集效应。

以往波澜不惊的农发行，一下子变得风生水起。“‘命脉’不旺，农业难兴，经济难活，生态难保。”得知农发行安徽省分行准备贷款支持宛溪河治理的消息，宣城市市长虞爱华难掩心头激动，“当水利与金融资本对接的时候，金融已经迈上了制高点。水利建设是最大的民生工程，农发行支持水利设施建设对全局影响更为重大，地位更加重要，是名副其实的建设新农村的银行”。

全省有9个地级市是国家确定的重点防洪城市和重要防洪城市；80%的县城及县级市有较重的防洪任务；而皖北六市包括地处淮河流域的三市六县则是粮食主产区，产量占全省粮食产量的

70%，且以旱作物为主，耐淹性较差，一旦发生洪涝，便会减产，甚至绝收。区域经济的发展，也对水利提出了新要求，皖江城市带的建设、加快皖北发展战略的实施，都需要有可靠的水利条件做保障，所有这些水利融资需求都为全省农发行提供了新的业务平台，搭建了施展拳脚的广阔舞台。

传统任务与新兴使命的叠加，现实需要和长远需求的交织，使得各级政府深感“想造工程没钱，仅凭财政杯水车薪”，纷纷把融资的目光投向了农发行。他们不仅带着政府融资平台及城乡建设投资公司的老总，而且带着具体水利设施建设项目纷至沓来……河流治理、水利枢纽工程、灌区续建配套和节水改造、病险水库除险加固、防洪排涝工程建设等，项目一个接一个，都希望捧着项目来，带着许诺去。

面对如此强烈的融资欲望，安徽省农发行没有“被膨胀”。他们坚持风险至上，防控为大，合规经营，做到不符合国家支农投向、没有合规土地使用手续和还款来源不落实的不予受理，坚持管住项目资本金、贷款用途和资金走向，确保贷款风险可控。对受理的项目，分别轻重缓急，建立专项项目库，实行优先初审、优先调查评估、优先安排资金规模。同时尽可能简化办贷流程和贷款的附加条件，对项目调查实行前、后台“平行评审”，提高办贷效率。在此基础上，全行上下开始了一派“给力”的繁忙。

从2009年开始加大对农村水利基础设施建设项目中长期贷款

的支持力度，到2010年末，全行已累计投放中长期贷款100.62亿元。目前已受理的农田水利项目尚有59个，项目总投资174亿元，已审批项目56个，贷款额度达122亿元。

统筹兼顾　夯实农业发展基础

按照“以水兴皖、以水富民”的水利建设理念，为确保实现防洪安全、供水安全、粮食安全和生态安全，农发行安徽省分行与安徽省水利厅、国土资源厅等部门建立了工作协调机制和信息共享平台，设立专门水利贷款项目库，在信贷资金的投向和投量上，统筹兼顾，合理安排。

构建“畅通淮河”和“安澜皖江”，是农发行安徽省分行在支持工程水利上浓墨重彩的章节，用于完善流域内防洪抗旱减灾体系贷款多达70.99亿元。通过信贷杠杆的撬动，长江、淮河主要干支流、中小河流重点河段的治理和县域防洪排涝体系建设，实现了新建防渗渠道9万米，修缮疏浚沟渠17万米，新建或加固防洪圈堤70.35公里，修建涵闸85座的任务目标，加强了重点水利工程建设，大大提升了项目区防洪保安能力。最具代表性的项目是贷款25.4亿元支持淠河流域综合治理工程，这是继20世纪五六十年代在淮河上游修建拦蓄大别山洪水的佛子岭、梅山、磨子潭、响洪甸、龙河口五大水库及淠史杭工程之后的又一个宏大的治淮工程。项目建成后，实现了蓄水量7100万立方米，防洪标准由过去不足10年提高到50年一遇。能够使下游50多万亩农田获得源源不断的优质清洁水源，实现旱涝保收。农产品质量的提高，每年可为淠河流域下游无公害优质粮油产业及其他农业产业增加收益1.4亿元以上，灌溉区内农民人均纯收入年净增600余元。

建设依托中小型水库和湖泊为源、河流为线、库塘多点的合理格局，重点解决民生水利问题，是农发行安徽省分行在支持资源水利上“雪中送炭”的段落。贷款6.8亿元支持农村饮水工程建设和病险水库除险加固，实现了病险水库除险加固11座，改善土地灌溉面积596.2万亩，增加蓄水7844万立方米，新建或改扩建供水设施5个，新增供水管道175.58公里，新增日供水量16.7万吨，解决了近222万农民的饮水问题。

贷款22.83亿元支持水环境保护、水生态整治、山区农村小水电建设和城乡污废水处理，是农发行安徽省分行在支持生态水利上锦上添花的一页。贷款投放改善了水面污染45.33平方公里，增加绿地面积5632亩；新建水电站2座，总库容3693万立方米，电站总装机4.8万千瓦，年发电量10299万千瓦时；新建污水处理厂9个，新增污水处理能力38.4万立方米，新增垃圾年处理能力7.6万吨，加快推进了水资源开发利用、合理配置、节约保护的一体化进程，改善了农业生态环境和农村人居环境。

瞄准制约农业生产的薄弱环节，凝心聚力支持农村水利基础设施建设，打造高标准农田，确保粮食连年稳产高产，是农发行安徽省分行调整信贷结构，转变发展方式的又一较佳路径。该行在支持新农村建设中，还结合农村土地整治信贷工作，把改善农田水利基础设施延伸到田间“最后一公里”，畅通水利的“神经末梢”。截至2010年末，全省支持农村土地建设项目97个，实现复垦面积17.23万亩，基本上完善了水、电、路、林以及田间综合配套工程，实现了“田成方、渠成网、沟相连、涝能排、旱能灌、渍能降”。肥西县官亭镇地处江淮分水岭脊背，地势落差大，耕地大小不一，老村庄分散、凌乱、破旧，空置宅基地浪费严重，农发行贷款1.2亿元实施土地整治整村推进后，耕地有效灌溉率达100%，标准化农田达80%，农业机械综合指标达90%以上，并复垦耕地2.2万亩。高标准的基础设施建设，使农田抵御自然灾害的能力显著增强，综合生产能力显著提高。农业“命脉”的通达，筑起了一道保障农业稳定和粮食安全的生命线。

（原载于《农业发展与金融》2011年第4期）

“小壶”烧水保收粮

朋友，假如我问你一个问题：“会烧开水吗？”

你肯定不假思索地回答：“这是问题吗？！”

这的确是个问题，而且大有学问。全国劳动模范，有着“麦王”之称的安徽省太和县旧县镇张愧村种粮大户徐淙洋形象地把今年的夏粮收购比喻成“烧开水”：托市收购犹如拿大壶烧水，市场收购好比用小壶烧水。当下颇费思量的是“大壶”不开拎“小壶”，就看农业发展银行如何添薪助燃，用“小壶”把水烧开了。

托市“大壶”无用武之地

是将水一次放到一个大壶中烧得快，还是用几个小壶分成若干次烧得快？抑或用大壶边烧边加冷水快呢？

稍懂些物理常识的人都知道，第一种方法省时省力省心，后两种方法耗时不说，还浪费燃料。在谋划今年夏粮收购信贷资金供应与管理工作时，农发行安徽省分行就遇到了类似“烧开水”

的问题。

自2005年国家实施最低收购价政策以来，作为小麦主产省的安徽，尽享托市“大壶”的福荫，每逢夏粮收购开秤之日，各个委托收购储库点门庭若市，小麦收购现场搞得如火如荼，大有尽收市场余粮于“壶”中之势。

然而，由于受去年“抢粮”风波的影响，加之化肥、农药、耕地、收割、浇水等成本的增加，大多数农户对今年夏粮收购价格预期较高。同时开秤即见高价的态势，更使得粮农待价而沽的心理膨胀，惜售氛围愈加浓厚。

即便如此，农发行安徽省分行还是及早谋划，于今年5月份就做好了托市预案启动或不启动的“双轮驱动”准备工作，与省农委、省粮食局、中储粮安徽分公司共同认定具备小麦政策性收购贷款资格企业19家、小麦最低价委托收储库点1068个，落实仓容135.4亿斤，审批最低价收购贷款143亿元、中央储备粮轮换贷款41亿元。并统筹安排，制定了在托市预案不启动的情况下，积极支持市场化粮食收购的应急方案。

最终结果证明了农发行预判的必要性，由于最低收购价预案无法启动，以致带有“国家队”标牌的托市“大壶”一时无用武之地，市场化收购成了今年夏收的主角。

多备“小壶”纾卖粮之难

提起去年夏收期间的盲目抢粮大战，至今仍让一些参与收购的各类收购主体犹有余悸，因此今年企业收购决策均趋于理性。

“我们是一家民营企业，去年收购小麦6万余吨，目前尚有库存7000余吨，虽然入库价每斤不到1元，但一年下来各种费用摊进去已接近每斤1.06元，按照目前价格保本或微亏。而有些企业盲目抢购，造成质次价高，至今还‘捂’在库里，部分已变质降等。今年收购必须慎之又慎。”一位不愿透露姓名的收储企业负责人坦言。

淮北市濉溪县鲁王制粉公司负责人樊纯东则认为：“虽然目前市场粮价高于托市收购价格，但小麦收购价格基本稳定在每斤1.00～1.03元，不仅可以满足农民‘存粮看涨’意愿，而且企业有一定的利润空间。只要企业收购意愿积极，不留风险敞口，就不会给自身和农发行收购贷款带来风险。”

对农发行而言，当务之急就是要把“不打白条”作为收购信贷工作的最高准则和最大政治任务，在“不打白条”的前提下防控风险，在防控风险的前提下支持企业多收粮、收好粮。

鲁王制粉公司是一家省级农业产业化龙头加工企业，既是农发行的信贷优质客户，又是今年认定的具备小麦政策性收购贷款资格企业的委托收储库点和市场化收购贷款资格的“双料”企业。

为传递稳定市场价格的信号，平抑市场心理预期，农发行淮北市分行及早为这家龙头加工企业量身定做了5000万元贷款的综合授信，一方面支持开户企业提高小麦收购市场份额，另一方面支持企业加工面粉及时投放市场，增加市场供给。到7月底，该行已向鲁王制粉公司投放收购贷款2000万元，支持收购小麦1000多万公斤。

为牢牢把握收购工作主动权，帮助开户企业消除“惜购”情绪，农发行安徽省分行坚持“区别对待，择优扶持”的原则，用市场化收购“小壶”来弥补托市收购“大壶”不能启动造成的市场空白，有效解决农民的卖粮难问题，确保有收购任务的每个县不留“空档”。共认定市场化收购贷款资格209家，审批市场化收购贷款102亿元。

掌控火候把壶水烧开

今年的夏粮收购，由于托市预案尚未启动，市场化收购成为主流，市场相对平稳，进度略显平缓，信贷投放因此呈现出市场化收购占主导的特征。

鉴于此情，安徽省分行采取“保收购，防风险”的具体措施，决意把市场化收购这把“小壶”里的水烧开、烧沸、烧好。

“保收购”就是要让市场化收购这把“小壶”有水烧。对已认定市场化收购贷款资格的209家骨干龙头加工企业和优质收储企业，在已审批102亿元市场化收购贷款的基础上，视后期收购需求情况及时追加，确保收购资金供应不断档；对收购网点及时调整或增加，确保有收购任务的县不留空白点。

在此基础上，该行减少中间环节，调整收购贷款审批权限，把市级分行准政策性收购贷款审批权限由1亿元调整到3亿元，提高办贷效率。在贷款投放时，严格执行“理性收购、把握节奏、分段放行、小额勤调、适时指导、加强监管”的要求，根据企业7～10天的收购进度，及时发放贷款，确保农民售粮即时兑付。

为调动国有粮食购销企业参与市场化收购的积极性，该行特别强调，对已签订销售合同达到预计收购量50%以上的企业，可以边贷款边落实风险防范措施，确保收购不出问题。

“防风险”就是要掌控火候，防止市场化收购这把“小壶”里的水变成“温吞水”。为了保证市场化收购工作的有序高效开展，规范收购行为，稳定市场粮价，安徽省分行还会同有关部门联手建立区域内价格联动机制，做到同价收购，并实行最高贷款指导价，三等小麦贷款最高价不超过每斤0.98元，二等以上小麦贷款最高价不超过每斤1元。凡超过最高价的，农发行进行风险提示。

对使用准政策性贷款的企业，该行全面落实“点仓放贷、出库收贷、钱货两清”的封闭管理措施。同时采取边贷边收、库贷同步的快速检查办法，组织客户部门业务骨干和区域风险总监对今年小麦市场化收购库贷同步情况进行了专项检查，涉及企业81家，收购贷款22.4亿元。通过检查没有发生挤占挪用现象，做到了专款专用。

对使用市场化收购贷款的企业，该行坚持应抵尽抵、应保尽保，切实做到风险全覆盖。在已发放的市场化收购贷款43.5亿元中，企业有效资产抵押和专业担保公司担保贷款占28%，共同担保基金和风险保证金贷款占38%，政府兜底贷款占8%，优质客户联贷联保贷款占17%，落实专业仓储监管公司监管的贷款占9%，既为风险防范构筑了坚固的“防火墙”，又为“小壶烧水”备足了燃料。

据统计，截至7月底，该行已累计投放小麦收购贷款61.2亿元，支持收购小麦63.56亿斤。

（原载于《农村金融时报》2011年8月15日第7版）

让信贷与“粮”共舞

初夏的晨风吹拂着金色的田野，低垂的麦穗吐露出丰收的讯息。

承包了2600亩小麦的安徽省宿州市埇桥区光明村种粮大户李运民站在麦田旁，揉了一把麦，吹去麦壳，饱满的麦粒明晃晃地展现在他的掌心里。“由于采取新农机、新农艺，加之灌溉及时，去年实现亩产500公斤，今年有望突破550公斤。”他乐滋滋地说，“有国家最低收购价托市，有农发行收购资金支持，今年的小麦不愁卖不上好价钱。”

审时度势

受秋、冬、春“三连旱”的影响，产粮大省安徽今年夏粮生产气候条件极为不利，小麦的苗情初期并不理想，但因后期灌溉、管护到位，苗情逐渐向好，增产端倪渐显。来自农业部门的数据显示，今年全省小麦播种面积为3600万亩，总产达245.8亿斤，较上年分别增加51.5万亩和3.5亿斤；油菜籽播种面积950万亩，总产为24亿斤，较上年分别减少82万亩和2亿斤。

然而，小麦丰收预期难抑粮价走高态势。多年来的托市收购政策使主产区小麦价格一路稳步上扬，众多社会资金和多元收购主体争相入市收购，最终导致了2010年夏粮收购期间小麦市场价格的大幅波动。今年，夏粮收购主体将如何行动呢？

据农发行安徽省分行夏粮收购调研组的调查，由于抗灾成本明显增加，今年新麦上市地区农民较为惜售，小麦现货价格远高于托市价格，且市场对于新麦价格并不悲观，小麦市场下行的空间极小，预计被调查的阜阳、亳州、宿州、滁州等小麦主产市启动预案的可能性不大。

最低收购价执行预案在大部分地区难以启动，意味着新麦上市后市场将会缺少最大的收购主体。位于产粮大县涡阳的安徽正宇面粉公司负责人曹云宇认为："龙头企业虽然通过加工能实现增值，但如遇未来价格下行，利润空间就会相应收缩，因此除正常的合理库存外，龙头企业不会超量收购。"淮北市粮食局收储公司负责人尚书杰坦陈："作为中储粮的委托收购企业，往年可以享受政策性补贴，有利可图。现在托市预案启动不了，购销企业因自有资金较为紧张，且抵御市场风险能力较弱，在粮价频繁波动的行情下，不会贸然入市收购。"

"入市收购主体趋于理性，而农民售粮价格心理预期较高，收购形势愈加复杂多变，购销双方的心理博弈将决定今年夏粮收购的进程和价格走势，也许将会上演一场‘拉锯战’。”农发行安徽省分行副行长韩毅分析道。

在准确研判今年夏粮收购形势的基础上，农发行安徽省分行从维护粮油市场稳定和确保国家粮食安全的大局出发，要求全辖各级行在严格执行政策的前提下，坚持政策性和市场化“两轮驱动”，不管托市预案启动与否，都要把着力点放在“多收粮、收好粮、防风险”上，让支持收购的信贷资金与“粮”共舞。

精心布局

尽管今年安徽夏粮收购开磅时间较往年推迟10天左右，但作为收购资金供应“主渠道”的农发行丝毫没有懈怠。“我们将切实履行农业政策性银行的职能作用，及时、足额供应夏粮收购资金，举全行之力与辖内粮食购销企业联袂主演好夏粮收购这场大戏，确保售粮农民‘粮出手、钱到手’。”在该行2011年夏粮收购信贷工作新闻通报会上，韩毅如是说。

面对今年复杂的夏粮收购形势，农发行安徽省分行选择“双管齐下”的信贷操作方式，既立足于全力支持小麦最低收购价等政策性收购，又积极做好市场化自主收购的信贷服务，确保托市预案无法启动下农民售粮不出现“盲区”，让合理布局的市场化收购网点进入信贷“服务区”。

为科学预测今年夏粮收购的资金需求，早在4月中旬，该行就要求辖内各级行及时了解掌握小麦播种面积、预计产量等情况，仔细测算辖内粮食购销企业的收购数量和贷款需求。据测算，如果托市预案启动，预计支持开户企业收购小麦157亿斤，信贷资金需求达151亿元，其中小麦最低收购价预计收购133亿斤，信贷资金需求132亿元；如果托市预案不启动，今年夏收预计支持开户企业收购小麦132亿斤，信贷资金需求达120亿元。预计收购油菜籽6.6亿斤，需投放收购贷款14亿元。该行还对辖内拟支持的开户企业进行分类排队，提前做好评级授信、贷款资格认定、贷款审批等“八个环节”的准备工作，切实做到区别收购性质，优先支持政策性收购；区别客户类型，优先支持重点骨干企业；区别信誉状况，优先支持抗风险能力强的企业；区别购销方式，优先支持合同委托收购。到5月底，全省认定小麦政策性收购贷款资格企业19家，小麦最低价委托收储库点1068个，落实仓容135.4亿斤，审批最低价收购贷款143亿元，中央储备粮轮换贷款41亿元；认定市场化粮食收购贷款资格企业207家，审批市场化粮食收购贷款70亿元；认定规模以上油脂龙头加工企业贷款资格18家，首批审批10家客户油菜籽市场化收购贷款8.5亿元，总计审批各类贷款达262.5亿元。

截至7月10日，全省已累计投放粮油收购贷款46.7亿元，其中投放小麦收购贷款43.5亿元，支持企业收购小麦44亿斤；投放油菜籽收购贷款3.2亿元，支持企业收购油菜籽1.1亿斤。

防患未然

夏粮收购一头连着农业、农村和农民，一头事关国家宏观调控、物价稳定和粮食安全。而作为连接两头、维系收购资金供应纽带的农发行更是一肩担双责，责任重如山。

为切实做好以市场化收购为主导的夏收资金供应管理工作，早在今年3月份，农发行安徽省分行就着手抓好自主收购粮油促销收贷工作，分品种制定商品粮油库存促销方案，逐企业督促制定分月促销收贷计划，为新粮收购腾仓备库，确保小麦“收得进、储得下”。到5月底，全省2010年发放的粮食收购贷款全部实现“双结零”。不仅帮助企业消化包袱，轻装上阵，还积极主动防范了信贷风险。

“做市场收购和粮食商品贸易，没有了政策性补贴和出入库费用，要承担银行利息、费用和市场波动风险，收购企业更要精打细算，锁定成本，适应市场，取得自身效益。”淮北市粮食局储备库负责人感叹道。

为此，该行今年明确要求各级行要根据粮源状况、价格变化、收购进度等多种因素综合研判，合理把握贷款发放的额度和进度。对所有取得贷款资格的企业要按性质和优先顺次逐步、分阶段发放贷款，一次发放贷款不能超过7～10天收购所需资金量，且需根据粮食入库进度支付，并严格执行收购贷款封闭管理制度，严把收购贷款关口和操作底线。地处小麦主产区的滁州市分行在全省先试先行“粮食共同担保基金”制度，较好地解决了收购企业担保抵押难的问题。

在支持夏粮市场化收购中，该行总是想方设法帮助收购企业解决难题。在发放的市场化收购贷款中，通过企业有效资产抵押发放7.28亿元，通过专业担保公司担保发放5.06亿元；采取骨干国有购销企业统一承贷、统一组织购销，由地方财政承诺兜底和建立“风险基金”“共同担保基金”方式发放15.47亿元；采取对优质客户推行专业监管公司存货委托监管和监管责任保险、财产保险等风险防控组合措施发放4.36亿元；实行企业联贷联保贷款5.9亿元。

（原载于《农业发展与金融》2011年第8期，

原标题为《安徽：让信贷与“粮”共舞》）

宛溪河不再令人“惋惜”

——农发行宣城市分行支持水利设施建设侧记

和煦的春日阳光，为刚刚疏浚的宛溪河抹上了温暖的底色。望着从门前缓缓流过的清澈河水，家住安徽省宣城市宣州区夏渡村的王广汉老人感叹道：“农发行真是大手笔，贷款20亿元支持政府把这条昔日的‘龙须沟’打造成景观之河、生态之河和富民之河，这是在为咱老百姓谋福祉呀！”

宛溪河变“惋惜”河

宛溪河在宣城人过往的记忆中，最为深刻的莫过于“一条大河波浪宽，风吹稻花香两岸”的旖旎景致了。

人们依稀记得，宛溪河宛如一条翡翠玉带，蜿蜒穿城而过伸向远方。早在20世纪60年代中期，宣城首建自来水厂时，取水口就选定在宛溪河的鳌峰桥下。两岸稻菽堆浪，油菜飘香；桥下水碧如镜，倒影怡人，鳌峰桥俨然成了姑娘们流连忘返的梳妆台。自水厂建成之日起，宛溪河就一直是宣城工业供水、农田灌溉、人畜饮水的重要水源之一。

宛溪河还是一条救命河。由于地处皖南山区，洪涝灾害频发成为宣城人的心腹之患。新中国成立以来的60余年间，有20年发生了较大的洪涝灾害，平均3年就有一次大的洪涝，宛溪河当仁不让地成为城乡防洪排涝的“咽喉通道”。

然而，进入20世纪90年代，由于城乡规模的扩大，工业化进程的加快，宛溪河沿岸的工业废水及生活污水、生活垃圾直接排入河道，造成水质污染、河道堵塞。加之堤岸护坡植被损毁严重，水土流失使河床淤积抬高，原本碧波清流的宛溪河，在人们的一片惋惜声中变成了一条“臭水沟”。曾让宣城人引以为豪的母亲河失去了往日容颜，愈发不堪重负，变得面目全非，风光不再。

给力宛溪河治理

进入新世纪以来，宣城人要求治理宛溪河的呼声越来越高。尤其是近几年市里召开的“两会”，不少人大代表、政协委员把综合治理宛溪河纳入建议或提案，“刻不容缓”成了关键词。

宛溪河治理项目是集防洪、旅游、景观、蓄水、交通、水资源保护以及生态环境保护于一体的综合性水利工程，包括防洪排涝、河道整治及蓄水、桥梁新建及改建、滨河道路、雨污水排水、建筑、电气、拆迁安置工程等11个子项目，总投资26.28亿元，其中项目资本金6.28亿元，尚需融资贷款20亿元。

由于水利建设历史欠账过多，配套设施不足或老化失修，加之宛溪河积弊丛生，使得宣城市的决策者们在落实这些建议与提案中处于“心有余而力不足”的尴尬境地。2009年春，正当宣城市政府四外寻觅如何启动融资引擎时，农发行信贷支持治水、治污和土地整治“三治”项目的“喜雨”洒向了宛溪河综合治理工程。

作为本土唯一的农业政策性银行，农发行宣城市分行主动请缨，全力支持，将“信贷雷达”扫描在宛溪河治理工程上。“农发行给力宛溪河综合治理，体现了民生优先、水利为大，是在全力支持和帮助政府解难事、办实事、干大事。”宣城市市长虞爱华踌躇满志，“宛溪河治理既是一项水利工程、生态工程和景观工程，又是一项文化与艺术工程，最终还将会是经济与商业工程，其功能和影响是全方位的。”

农发行宣城市分行接到政府的融资申请后，丝毫不敢懈怠，立即向安徽省分行作了专题汇报。省分行也在第一时间派员赴项目区搜集各项材料和资料，开展积极审慎严格高效的调查评估论证，并经农发行总行再评估与审批，在较短的时间内同意宣城市分行发放20亿元农业开发和农村基础设施建设中长期贷款，为宛溪河综合治理工程打通资金脉络，畅通融资渠道。

在此基础上，农发行安徽省、市分行随即和宣城市人民政府建立了支持水利设施建设与防控化解信贷风险的战略合作机制，并以会谈纪要的形式，明确了双方的职责、权利和义务，划定了贷款具体实施的“斑马线”，做到专款专用。

宛溪河流淌幸福

宛溪河综合治理工程涉及项目多，投资数额大，施工期限长，为了让信贷资金的“支付账本”照进更多的阳光，农发行宣城市分行有针对性地成立了专门的金融服务小组，做到资金围绕项目转，支付跟着进度走，让百姓真正沐浴宛溪河治理带来的幸福。

先安置再拆迁，让百姓住有所居，是宛溪河综合治理带给百姓的第一缕阳光。宣城市在宛溪河沿岸治理上实行优惠的拆迁补偿政策：“先建集中安置房，拆一还一，不找差价，合理扩大面积部分收取成本价；对不要安置房的，按房屋结构、面积和房屋性质，按市场均价给予一次性拆迁补偿。”宛溪河鳌峰桥至宛溪桥段一期工程长约1.7公里，沿河两岸拆迁房屋面积约10万平方米，总户数达548户。从2009年7月市住建委依法颁布此项目《房屋拆迁许可证》，到9月拆迁补偿安置方案实施细则正式出台，再到2010年9月底完成全部拆迁征地任务，一年多的时间共支付征地拆迁安置费用4亿多元。如此大规模的拆迁没有发生一起上访事件，更没有出现一个“钉子户”，不仅维护了被拆迁群众的合法权益，而且有效破解了拆迁难的问题。

宛溪河综合治理一期工程项目规划建设标准高，综合考虑了环境保护、民生改善、水利设施、防洪需要、市政建设、景观改造和旅游开发等因素，并融入了徽文化元素。项目开工一年多来，工程进展迅速、成效明显。如今的宛溪河两岸不再是污水横流，垃圾遍地，而是绿草如茵，山清水秀，生机勃勃。河边水利枢纽和橡皮坝工程正在快速推进，鳌峰公园改造、物阜九州广场、踏歌宛溪景区和响山公园等在加紧施工和建设。这些公园和广场的改建，不单单是营造了近郊休憩身心的田园，更是契合了转方式、调结构的要求，非但没有浪费土地，反而提升了城市土地的利用率，提升了城乡统筹发展空间的价值，成为启动城市财富扩张的强大引擎。

农发行的信贷支持让宛溪河不再令人“惋惜”。可以预见，在不久的将来，沿宛溪河蜿蜒迤逦，一个人文居住、娱乐休闲、生态农业、商贸服务、旅游观光等要素有机组合的完美城乡结合体将逐步显现，形成一个多功能、现代化的城镇街区和服务业集聚地，催生出巨大的经济效益和综合社会效益。

（原载于《农村金融时报》2011年4月4日第7版，

原标题为《让宛溪河不再“惋惜”》）

为了多彩的新安江

——农发行黄山市分行支持民生工程掠影

一场暴雨刚刚送走连日暑热，在安徽省黄山市新安江延伸段的滨水景观观赏道上，人们不约而同地聚在一起，或散步，或聊天，或静坐在九曲回廊的长椅上下棋、看报。他们大多是住在左岸桑园集中安置区内的农民，这里已成他们纳凉和休闲的乐园。

“我是刚从社屋前村举家搬到这里的。”62岁的程家林老汉呷了一口茶水，用芭蕉扇指着河道中的翻板坝说，“从这里到花山橡胶坝全长9.35公里，被称作新安江流域延接已治理的中心城区流域的延伸段，是典型的城乡接合部。去年市里把新安江延伸段综合整治当作最大的民生工程来抓，农发行又提供10亿元贷款支持，受益最大的当数我们农民。”

瞄准民生工程

自20世纪五六十年代以来，由于“大跃进”和“文革”期间对沿江自然和人文资源的破坏，加之改革开放初期的盲目开山采石、淘江取沙，以及近年来黄山旅游的快速发展及城市规模的不断扩张，导致上游山区水土流失严重，两岸污水横流，垃圾遍地，水质污染严重。

去年年中，黄山市委、市政府把新安江延伸段综合整治工程放到全市经济和生态环境大格局中，开启了“还河于民，还水于民，还生态于民”的建设历程，作为启动新一轮城乡统筹发展、跨越式发展的新引擎。

引擎大，动力就大；动力助燃的耗能，自然也就更大。新安江延伸段综合整治开发项目，主要包括河道整治、湖边水利枢纽、花山橡胶坝、两岸滨水景观、滨江道路、码头、沿江截污及污水处理、水文站重建、给水管道、新农村建设、拆迁安置、浇灌水源地等12项综合性系统工程，总投资约13.8亿元，整个工程定于2010年底完工。

投资规模大，建设工期短，质量要求高，仅仅依靠财政资金的投入和涉农资金整合，犹如“小马拉大车”，动力不足，恰似“小蛇吞大象”，缺口很大。怎么办？黄山市政府首先想到了农业发展银行，农发行黄山市分行的信贷“雷达”也同时扫描上了新安江延伸段的综合整治工程。市政府对农发行主动为该工程“雪中送炭”的做法大加赞赏。市政府主要领导借到省城开会的机会，专门邀请农发行安徽省分行周良伟行长一同到黄山市开展专题调研，现场把脉会诊，共谋融资良策。

跟踪项目实施

“资金是瓶颈也是杠杆，突破了这个瓶颈就找到了杠杆。要突破这个瓶颈，必须构建政府主导、金融支持、实体承贷、多元投入的保障机制。”这是农发行安徽省、市分行和黄山市有关部门经过深入调研后得出的一致结论。

在达成共识的基础上，安徽省分行随即和黄山市人民政府建立了支持统筹城乡发展与防控化解信贷风险的战略合作机制，并以会谈纪要的形式，明确了双方的职责、权利和义务。

是年8月，经过积极审慎严格高效的调查评估论证，农发行总行批复同意黄山市分行发放10亿元农业开发和农村基础设施建设中长期贷款，为新安江延伸段综合整治开发工程供“氧”输“血”，强筋壮骨。

信贷杠杆撬开了“财富之门”，铺就了信贷支持新农村建设的“绿色通道”。但农业政策性金融贷款不是“唐僧肉”，想吃多少就给多少，必须资金围着项目转，支付跟着进度走，“买油的钱不能用于打酱油”。

为了确保10亿元贷款按部就班循规蹈矩地“各就各位”，黄山市分行根据新安江延伸段综合整治开发项目点多、线长、面广的特点，成立了专门的金融服务小组，把支持项目建设摆上了重要位置，对关联的重点项目、重要节点，做到行长在一线指挥，员工在一线工作，情况在一线掌握，工作在一线落实，问题在一线解决，业绩在一线创造，积极解决和协调工程建设中资金供应的困难和问题，有力推进了项目建设速度。

今年7月，当地银监分局在对黄山市分行投放支持新安江延伸段综合整治开发工程贷款的专项检查报告中，写下了这样的评语和结论："项目实施经得起端详，贷款投放经得起检验。"

展现多彩景致

穿城而过的新安江，是黄山的母亲河。千百年来以其流泽滋润着这片丰饶的土地。新安江延伸段综合整治开发工程，就是要赋予新安江以新的生命。

基于这样的认识，以新安江延伸段两岸滨水景观工程为例，项目分为两段实施，其中翻板坝至湖边枢纽带两岸各纵深50米作为景观建设范围，左岸以居住、金融商业性用地为主，右岸接江南新城居住区，景观建设突出城市滨江公园的性质。以绿化景观为基调，有节奏地布置景观节点，在满足防洪的前提下，体现亲水性。同时对古遗迹、古民居进行妥善保护，并利用其不可替代的文化价值，形成内涵丰富的景点。

该工程还通过对新安江延伸段两岸景观进行夜景灯光建设，美化沿江夜景，借助新安江沿岸各具特色的亭、台、楼、阁、桥、岸、树、水等载体，充分运用多种设计手法，通过灯光表现不同功能区域的不同特色，展现新安江的迷人景象。推进夜间旅游、商贸、休闲、娱乐等现代服务业发展，形成白天观光、晚上游览并重的旅游新格局。

如今的新安江延伸段，绿草如茵，灯火阑珊，湖边水利枢纽和花山橡胶坝正在快速推进，林廊清影楹联、孙王阁远眺、庙庭古渡、摩崖石刻、徽州照壁浮雕等景点则在加紧建设。左岸拆迁村民安置区，一排排徽派风格的楼房，一条条平坦的水泥道路，一盏盏新颖的太阳能路灯，让人仿佛置身于城市居民高档住宅小区。尤其湖边水利枢纽工程两侧挂起的横幅“支持综合整治新安江，黄山人民感谢农发行”“中国农业发展银行支持城乡统筹发展”更是惹人注目。

“新安江延伸段综合整治是一个富民工程，功在当代，利在千秋。谁参与这项工程建设，谁流的汗水越多，谁的贡献越大，历史就会越记住他，人民就会越感谢他，党和政府就会越肯定他。”谈到农发行支持该工程建设，黄山市市长宋国权这样评价。

多彩的新安江，景因节气变，色随四时换。既是诗，又是画，迷了古人，“摇艇入新安”；醉了今人，“两岸看不厌”。

（原载于《农业发展与金融》2010年第11期）

从坚持“钱等粮”到确保“粮出手钱到手”

夜来南风起，小麦覆陇黄。6月初的一天，安徽省亳州市谯城区牛集镇大王村的种粮大户张力一大早就来到麦田旁做收割前的最后准备，望着眼前随风起伏的金黄麦浪，丰收的喜悦溢于言表：“今年我承包种植40亩小麦，长势超过以往任何年份，亩产可望达到550公斤以上。现在就盼着农发行帮俺实现‘粮出手钱到手’的愿望了。”

不曾停歇的努力

与其说“粮出手钱到手”是农民的热切希望，不如说是农业发展银行安徽省分行对社会、对政府、对企业，尤其是对农民做出的庄严承诺。

以前，每逢夏秋两季，凡有粮站的地方，门前都会排起用手扶拖拉机或拉板车售粮的“长龙”，因为农民“缴足国家的，留足集体的，剩下才是自己的”，所以粮站作为唯一收储部门就得加班加点，敞开收购农民余粮。农发行更得组织精干力量，开足信贷马力，采取“收一斤粮，给一斤粮贷款，销一斤粮，还一斤粮贷款”的封闭管理措施，协助粮站核打收购码单，核查收购库存，确保收购资金供应，有效避免了农民“卖粮难”和收购“打白条”现象。农发行因此有了一个形象代称——“粮食银行”。

时过境迁。自2004年以来，随着国家一系列支农惠农强农措施的实施，农民种粮积极性空前高涨。尤其是农业税的取消，让农民真正品尝了“过去交农业税，如今领补贴款”的喜悦。粮食市场的放开，多元收购主体的入市，为农民售粮打开了趋利向好的方便之门。而小麦最低收购价托市预案的出台和收购价格的逐年推升，则让农民对新麦收购价格的心理预期愈来愈高，寄希望于出售价的上升来缓释柴油、化肥等农资价格上涨及劳动力成本上升的压力。

“托市收购像太阳，照到哪里哪里亮。”宿州市泗县长沟中心粮库主任周圣教深有感触地说，“每年夏粮收购来临之际，我们都盼望托市预案及时启动，作为中储粮的委托收购企业不仅可以享受各项政策性财政补贴，而且可以多收粮，利润也相当可观。如果托市预案不能启动，购销企业及其他加工企业只能靠贷款支撑，量力而行，视市场行情或利润空间大小，锁定成本，决然不会超量收购。”

企业的理性道白表明，农发行支持夏粮收购的信贷“频道”，已由单一的独播进入了热烈的综艺节目时段，即政策性收购与市场化收购同步，企业理性收购和农民惜售待价而沽并存，收购主体多元化和收购资金多渠道比肩，而且趋势愈发明显，夏粮收购信贷工作任务变得更加繁杂。

对此，农发行安徽省分行审时度势，丝毫不敢松懈，站在维护粮油市场稳定和确保国家粮食安全的高度，不等不靠，主动出击，积极应对。9年来，该行在支持夏秋两季收购信贷工作中，要求全辖在严格执行政策的前提下，坚持政策性和市场化“双轮驱动”，早做两手准备，双管齐下，不管托市预案启动不启动，都要一如既往地把着力点放在“钱等粮”和“多收粮、收好粮、防风险”上，让支持收购的信贷资金托起粮农希望，兑现“粮出手钱到手”的承诺。

不曾懈怠的使命

年年有夏收，今夏却不同。

作为产粮大省的安徽，在历经2010年的“疯狂抢购”和2011年的“沉闷僵持”，以及去冬今春的“仰卧起坐”小幅上行的过程之后，今年夏收开镰小麦市场收购价格呈现不同程度的回落态势。

以区域或地理位置划分，淮河以北小麦主产区，新麦品质较好，价格平开稳走，在托市收购价上线徘徊；淮河以南及沿淮小麦主产市，由于受病灾影响，新麦质量下降，价格稳中趋弱，低于托市收购价格。这种局面的出现，为托市预案的启动埋下了伏笔，打下了一支“强心剂”。

淮北市濉溪县五沟镇李家村农民李守城似乎对托市预案的启动与否不太关注。他和老伴、儿子常年在合肥打工，家里的8亩地今年全部种植了小麦，亩产均达到1000斤左右。“8000余斤粮食收上来就在地头以每斤0.96元的价格卖给了个体粮贩，虽然每斤少收入几分钱，但省去了许多麻烦。粮站收粮有标准，要想卖到三等麦的价格，我至少要花四五天时间对新麦进行翻晒、去杂。我每天在外至少要帮人清洗两台抽（排）油烟机或燃气灶，四五天时间也能挣几百元，比起粮价上损失的几百元不算什么。”李守城如是说。

像李守城这种情况的在皖北乡村比较普遍。现在小麦收得快，农民急于外出打工，也不像过去愿意花力气晾晒，再拉到粮站去卖，而是卖地头粮，或者草草收拾一下就卖。这就为当地的粮食经纪人赚取小麦差价款（或称辛苦钱）腾出了足够的空间。据调查，各类收购主体入市收购的小麦库存，90%是粮食经纪人提供的。由于2011年夏收期间托市预案未能启动，市场主体较为看好并抢购优质麦，后期受需求不旺及进口小麦冲击等影响，价格没有达到市场主体的预期，销售较为困难，不少企业出现了保本微亏现象，因此今年各市场收购主体将会更加谨慎和理性。

托市预案启动有望、农民售粮意愿强烈、市场化收购主体入市谨慎三大因素交织，成为农发行安徽省分行掌控夏粮收购资金供应和管理的关键所在。

“以不变应万变。全行上下要把支持夏粮收购作为最大的政治任务，以高度的责任心和使命感来抓紧抓早抓实抓好。”省分行党委书记、行长王富君在4月召开的行务会上就要求严格按照“夏收工作早部署，收购预案早制定，贷款资格早认定，综合授信早开展，收购资金早预测”的工作方针，及早做好支持夏粮收购的各项准备工作，确保政策性收购和市场化收购平稳有序进行。5月20日，全省已认定小麦政策性收购贷款资格企业19家，审批小麦政策性收购贷款110亿元；认定小麦市场化收购贷款资格企业189家，审批小麦市场化收购贷款86亿元；认定油菜籽收购贷款资格企业27家，审批市场化收购贷款16亿元。

鉴于今年小麦最低价收购预案启动方式要经过连续3天监测，不能就地启动，需逐级报批的要求，为避免中间环节带来的滞后影响，该行打好提前量，主动配合中储粮安徽分公司、安徽省粮食局下发了《关于做好2012年小麦最低收购价收购资金供应工作的通知》，进一步明确各方责任，细化收购资金供应流程，确保托市预案一旦启动，收购资金及时足额供应。6月8日，该行主动与中储粮安徽分公司协商，提前发放最低价收购铺底贷款2.9亿元，促成小麦最低价收购预案于6月12日全面启动。与此同时，该行还在托市预案启动前，累计投放小麦市场化收购贷款9亿元，支持企业收购新麦5.4亿斤，确保了不因农发行自身工作不到位出现区域性农民“卖粮难”问题。

不曾动摇的理念

有人用“自动挡”和“手动挡”两款车型，来形容政策性收购与市场化收购。言下之意，作为“自动挡”的政策性收购，无论驾驶舒适度，还是风险承受度，都较“手动挡”的市场化收购优越、便捷和安全。一旦出现故障或发生风险，前者有人买单，后者要自担风险。

六安市寿县堰口粮油责任公司寿州分公司经理蒋春海用诗一般的语言比喻托市收购：“它是市场的照明系统，价格的传导系统，企业的供暖系统。”

基于这种认识，每年夏粮收购来临时，各类收购主体都会对“自动挡”趋之若鹜，翘首期盼政策性托市收购预案尽快启动。但作为夏粮收购资金供应主渠道的农业发展银行却不能心存侥幸，不敢有丝毫的动摇。每年都得及早动手，制定两套预案，采取政策性收购和市场化收购“双管齐下”的信贷操作方式，为企业添“薪”助“燃”，让“自动挡”和“手动挡”齐头并进，在一头连着农业、农村和农民，一头维系国家宏观调控、物价稳定和粮食安全的信贷绿色通道上，多收粮、收好粮，确保“双轮驱动”不出问题。

地处皖东的小麦主产区滁州市是夏粮收购的“晴雨表”。今年小麦由于受赤霉病的影响，局部地区新麦质量有所下降，上市后价格下跌，农民急于出手。加之部分粮食购销企业自去年夏收以来，高开低走以致亏损，在个别县、市一度出现“农民售粮积极，企业收购消极，亟盼托市启动”的局面。6月22日，央视《焦点访谈》栏目披露后，农发行安徽省分行党委高度重视，在第一时间要求滁州市分行调查核实有关情况，并及时与省中储粮公司、省粮食局联系沟通情况。第二天上午，行领导亲自带队赴滁州市及明光、凤阳等县市调查了解问题产生的原因。经省、市、县政府和有关部门调查核实，农发行收购资金准备和供应充足、及时，问题根源在于部分粮食购销企业坐等托市预案启动，不想靠贷款自主收购，怕担风险。

媒体的曝光不仅使问题得以妥善、及时解决，更使农发行全力以赴支持夏粮收购的信誉度得到巩固和提高，省政府主管农业的副省长在全省夏粮收购工作汇报会上专门表扬了农发行。

“多收粮、收好粮、防风险”是农发行不曾动摇的理念。今年小麦最低价托市预案启动前，省分行按照“分段放行”的原则，在全省小麦主产市组织各类收购主体有序入市，积极支持资信好、机制好、效益好、抗风险能力强的龙头加工企业，尤其是战略性和优质客户掌控粮源，发挥其粮油收购市场主力军作用；对购销贸易企业按照“以销定购、以购定贷”的原则给予贷款支持。为引导农民和粮食经纪人随行就市理性售粮，省分行还要求开户行积极协调企业在收购现场张挂“中国农业发展银行认定收购企业”的醒目标牌或横幅，确保不出现区域性农民“卖粮难”的问题。托市预案启动后，虽然全省委托收购库点增至522家，但为防止最低收购价委托收购库点没有覆盖的地区出现“空白”点，该行想方设法支持龙头加工企业和优质客户布点收购，防止出现“卖粮难”问题。

由于方法得当，措施得力，今年全省的夏粮收购已步入平稳快进阶段。截至7月20日，全省已累计投放小麦收购贷款98亿元，支持企业收购新麦88.9亿斤，其中投放政策性贷款65亿元，支持收购小麦54.2亿斤；投放市场化收购贷款33亿元，支持收购小麦34.7亿斤。

（原载于2012年7月24日新华网安徽频道，

原标题为《皖农发行坚持“钱等粮”确保“粮出手钱到手”》）

“煮饺子”的故事

——农发行安徽省分行支持夏粮收购纪实

安徽省阜阳市颍州区农民葛浩新，是国家农业部评出的十大“全国种粮大户标兵”之一，也是农业部小麦万亩高产创建田的承包者。他形象地把夏粮收购比喻成“煮饺子”：小麦就是农民包出的“饺子”，收储库点犹如“锅灶”，收购资金就像“水”与“火”，饺子怎么煮？煮多少？煮到什么程度？要看添“薪”助燃的“掌勺人”——农发行如何操持。

垒“灶”架“锅”

五月江淮，麦香遍野，丰收的喜悦再次绽放在千万农民的脸上。

由于措施得力及时，今年夏粮并未因冬春连旱、冻旱叠加而影响产量，全省小麦播种3540万亩，总产达到237亿斤，分别较去年增加23.7万亩和3.5亿斤。小麦连年丰收，粮农们都期待着粮食卖个好价钱。

国家继续启动小麦最低收购价预案。如何支持企业多收粮、收好粮，让农民售明白粮、放心粮、舒心粮，尽最大努力将中央关注民生的政策落到实处，成为农发行安徽省分行的头等大事和中心工作。

正如葛浩新这位种粮大户所讲的，当务之急是解决好“煮饺子”的“锅灶”问题，对农发行来说，就是提前做好贷款资格认定及收储库点的确认工作。5月中上旬，安徽省分行与中储粮安徽分公司、安徽省粮食局多次召开协调会，协商全省小麦最低收购价预案启动的具体时间。为做到贷款早放、多放，支持企业早收、多收，该行还积极配合中储粮安徽分公司确认其18家直属企业的贷款资格，并请中储粮直属企业进一步落实委托收储库点，对没有委托收购库点的地区，协调当地中储粮直属企业直接设点收购或委托资信好的企业收购，防止出现收购“空白点”，切实解决农民“卖粮难”。通过反复磋商，审核把关，到5月底即在全省确认了收购库点1811家，其中储存库点1790家；认定具有小麦市场化收购贷款资格的粮食购销企业和龙头加工企业361家，具有油菜籽市场化收购贷款资格企业25家。

为使农民了解垒“灶”架“锅”情况，各分支机构还将最低收购价小麦委托收储库点和具备农发行收购贷款资格的企业名单在各市级主要媒体公布，在县级广播电视循环播放、滚动播出，做到家喻户晓。

添“薪”助燃

6月4日，最低收购价预案在全省范围内正式启动，也奏响了农发行为夏粮收购添“薪”助燃的主旋律。

一袋袋分装好的粮食被拖拉机和农用三轮车络绎不绝地运送到收储库点的门前。收购价格大幅提高，夏粮收购资金能否得到足额保障？

在此之前，农发行安徽省分行就召开了夏粮收购资金供应与管理工作新闻通气会，向人民日报、新华社、中央人民广播电台、经济日报、金融时报、农民日报、安徽日报等主流媒体介绍农发行夏粮收购有关信贷政策及支持夏收准备情况，并向社会做出郑重承诺，保证售粮农民在农发行贷款支持企业能“粮出手、钱到手”。

该行对18家中储粮直属企业核定最低收购价小麦收购贷款额度165亿元，并在5月底前将最高贷款额度、启动收购的铺底资金以及信贷资金计划审批落实到贷款企业。开磅收购前，将启动收购的铺底资金汇划到每个收储库点，确保了预案及时启动。

为保证收购资金及时足额供应，真正发挥添“薪”助燃的作用，该行未雨绸缪，适时决定对最低收购价最高贷款额度实行一次审批、按收购进度分次发放，这样做既减少了贷款审批环节，节省了时间，又避免了企业因资金闲置带来的额外负担。同时明确规定，收购期间尤其是收购高峰期，全省农发行对中储粮直属企业的贷款，要保证各收储库点3—5天的收购资金需求量，逢节假日要适当延长5—7天的收购资金需求链，确保资金供应不断档，收储库点不停收，切实做到"钱等粮"。截至6月末，该行已投放收购资金贷款82.83亿元，支持企业收购粮食80.58亿斤。

掌控"火候"

今年夏粮收购价格的陡然高开，远远超过农民的心理预期，激发了农民的售粮热情，更拉动着各类收购主体争先恐后入市收购的欲望，但这并没有让农发行放松防范风险这根弦。

为防控市场风险和贷款风险，该行协同安徽省农委、中储粮安徽分公司、省粮食局联合下发了《关于切实做好夏季粮油收购工作的通知》，要求最低价收购和市场化收购主体在收购过程中要切实做到"六统一""一公开"，即统一收购宣传、收购凭证、挂牌格式、收购合同、资金调度、验收标准及公开举报电话。加强对收购企业的监督检查，严防出现"转圈粮"和哄抬粮价及压级压价现象。同时，严把加工企业收购贷款准入关，从源头上防范信贷风险。加强了对加工企业收购贷款资格认定工作的管理，开展了加工企业收购贷款专项风险排查工作，对检查发现不能自觉接受农发行封闭管理要求的，不认定贷款资格。

为解决加工企业自主收购贷款抵押担保难的问题，该行在落实各项封闭运行及贷后管理各项制度规定的基础上，制定了《安徽省分行粮棉油贷款联保管理办法》，着重解决企业收购资金季节性需求量大、企业可抵押资产少的问题。在该行开户的安徽良夫面粉有限公司、安徽珠东面粉有限公司、安徽占元面粉有限公司、亳州市大生面粉有限公司和亳州市鸿源面粉有限责任公司5家企业自愿组成一个联保小组，签订联保协议，并经公证处公证后，该行对联保小组核定了最高保证额度1.73亿元，而后依据企业收购进度投放贷款，保证了生产经营的资金需要，赢得了社会一致好评。市政府分管金融工作的副市长深有感触地说："联保贷款不仅能帮企业解决融资抵押担保不足的问题，更能让联保小组内的企业互相监管，并起到'内行监督内行'的作用。"

（原载于2009年7月22日中国农业发展银行官网）

让锦绣龙川更壮美

——农发行安徽省绩溪县支行支持民生工程巡礼

虽然已近深秋，气候温和的皖南山区依然透着浓浓的暖意。驱车行驶在安徽省绩溪县华阳镇至龙川的快速通道上，路肩右侧新疏浚的登源河潺潺的流水声，遮掩了车轮与沥青路面的摩擦声。扑面而来的田园风光，周边神奇的卧佛山势，引来媒体记者啧啧称赞："这里真美！没想到这里深藏着这么美好的人间仙境，这么丰厚的文化底蕴；更没想到刚成立一年多的县农业发展银行有这么大的'手笔'，竟拿出2.4亿元的贷款支持华龙公路建设和登源河河道整治。"

让道路更宽阔

绩溪县地处丘陵地带，位于黄山东侧、群峰环抱之中。过去县区位偏僻，但由于地理位置相对重要，往来人员频繁，"入山出山"的路径除水上交通外，还可选择驿道、官道、商道、山道或骡马代步。山道迢迢，曲径通幽。自两晋以来，高低不平的古道相继走出了胡焱常侍、胡汝能太守、胡思谦太师、胡子荣枢密使、胡富贤国师、胡之纲父子提干、胡富尚书、胡光推官、胡宗宪尚书、胡宗明巡抚……而这些胡姓英才，均来自距县城仅12公里的一个胡姓聚族而居的古村落——龙川。这个小山村距今已有1600余年的历史。

走进龙川仿佛时光倒流，置身于历史之中。村中古巷沉幽，瓦房栉比，石板路、马头墙、都宪坊、奕世尚书坊古朴典雅，更有胡氏宗祠的徽派木雕艺术，令人叹为观止。龙须山上奇松怪石，流泉飞瀑，登山穿石径、踏古道，心旷神怡，使人流连忘返。难怪游人来龙川感慨不止：可考古、可怀旧、可探秘、可采风、可休闲……

一连串的"可"字，也使游客对从县城到龙川之间的12公里路程产生了无奈。由于路基差、路面窄、等级低，加之年久失修，每遇刮风下雨，不仅给行人和车辆带来行路难，也给周边的村民带来生产和生活的诸多不便，成为名副其实的晴天"灰（徽）州路"雨天"水泥路"。

为了尽快改善华阳、瀛洲两乡镇8个村的农民生产生活和道路交通条件，缩短城乡的时间、空间距离，有力推动城乡一体化发展，绩溪县委、县政府下决心改建华阳镇至龙川的公路，在不影响沿途生态环境和文物资源的前提下，打造一条快速便捷通道。

犹如雪中送炭，2009年8月18日，刚刚开业的农发行绩溪县支行便下起了信贷“及时雨”——作为本土第一家农业政策性银行，义不容辞地承担起支持新农村建设和城乡统筹发展的重任。经过严格、便捷、高效的考察、评估论证和审查审批，一笔9000万元的信贷资金，分期分批融入支持农村基础设施建设中。仅用3个多月时间，在华阳镇和龙川村之间铺设了一条往返对开双车道的亮丽“彩虹”。如今的华龙公路上，迎送游人的车辆来往穿梭，沿途观景的行人络绎不绝。

让河水更清澈

龙川，山水秀美。村东龙峰耸立，村西凤山对峙，北有登源河蜿蜒而至，南有天马山奔腾而上。龙川村依青山傍碧水，龙川水绕村东流，汇入登源河。俯瞰村貌呈船形，颇具龙舟出海之势，堪称风水宝地。

然而，登源河在龙须山地带，河面较宽，两岸冲沟无数，小溪众多，形成河漫沙滩。谷地中田园广布，村落密集，人居十分繁荣。除绩溪县城区部分河段堤防防洪标准可达1991年防洪标准外，大部分河段在10年一遇以下或处于不设防状态。加之绩溪县地处皖南山区，地势复杂，山溪河流较多，水量季节变化较大，水流急、落差大，汛期短时强降雨时常出现，往往造成山洪暴发。山区洪水来势凶猛，来得快，去得快，流速大，历时短，所经之处破坏大，轻者受淹，农田受损，重者房屋被毁，不但给沿岸人民生命财产安全带来较大的隐患，而且严重制约全县经济的快速发展。

对此，绩溪县委、县政府把改善城乡宜居环境，构建人水和谐共处生活平台，当作一项改善当地居民生活质量的民生工程来抓紧抓好抓实抓早。

俗话说："有钱，称男子汉；无钱，叫汉子难。"正值当地政府官员急切寻求解决资金"瓶颈"办法时，农发行绩溪县支行早就把信贷资金的触角延伸到登源河和扬之水河的水系整治脉络上。政银两家不谋而合，很快联手打造信贷支持山区河道综合整治的工程，并由政府主导，在短时间内落实承贷主体，组织有关部门测算企业收益风险覆盖能力，及时注入项目资本金，签订项目资金管理协议，所有的信贷操作流程都在一路"绿灯"下快速前行。时下，农发行绩溪县支行1.5亿元的农业综合开发项目贷款正在按山区河道治理进度和节点陆续投放中，发挥着信贷"催化剂"和"助推器"的作用。

届时，过往游客乘船驾舟穿行于登源河和扬之水河中，将能够充分体验到人与自然和谐相处的生态气息。掬捧清澈见底、水质优良的河水，品味着流淌于指缝间的千年人文历史，顷刻间穿越时空界限，宛如置身于天上人间的梦幻之境。

让乡村更富裕

惠泽百姓的举动，总会让百姓叫好。“以前我家的年收入只有几千元钱，现在一年能赚近3万元。这都得感谢修路带来的好处。”瀛洲镇仁里村农民胡虹霞谈到修路给村里和自家带来的变化时，感慨万千。

2009年以前，胡虹霞一家五口的经济来源主要靠种植山货和到市场上卖些零散季节蔬菜。由于交通不便，出行难、买卖难、收入少，儿子和女儿又上学，丈夫不得不外出打工贴补家用。

今年初，华龙公路建成通车，延伸段又修到家门口，趁着“古村落游”热潮，胡虹霞和丈夫开起了“虹霞土菜馆”，并兼营家庭旅馆，家庭收入由过去的几千元增长到目前的近3万元，丈夫也从外边回来帮忙打理生意，小日子过得红红火火。

胡虹霞家的变化，仅仅是农发行绩溪县支行信贷支持农村路网建设带来农民生活改善的一个缩影。“今年以来，该行在做好信贷支持观光农业、绿色农业和生态农业发展的同时，又把支持农业产业化龙头企业和农业小企业纳入信贷视野，用信贷杠杆撬动传统农业向现代农业转化，引导农村生产组织方式、种植方式的变革和产业结构的优化。”说起支持农业产业化经营，绩溪县支行行长王拥如数家珍，“全县蚕桑种植面积3.5万亩，竹笋两用林、山核桃分别为15万亩和6万亩，肉猪年出栏量为14.4万头，蜜蜂饲养量达6.8万群，长毛兔存量达8.7万只。支持农业产业化龙头企业做强做大，才能有效解决农副产品的销售和增加农民收入的问题。”今年5月，该行贷款2300万元分别支持了五峰园蜂蜜加工有限公司和板桥绿色食品有限公司，带动了当地蜂业和土特产业的有效发展。

（原载于2010年10月28日中国农业发展银行官网）

让惠民生成为农业政策性金融最强音

——写在农发行2010年度金融债券承销团组建之际

阳春三月，百花吐蕊。在这迎春的季节里，79家承销团单位和有关部门人员以及来自人民日报、新华社、中央电视台、中央人民广播电台、经济日报、农民日报、金融时报、中国证券报、上海证券报的10余名记者齐聚六朝古都南京，共同参加中国农业发展银行2010年度金融债券承销团组建大会。

2009年，面对复杂严峻的国内外经济金融形势，农发行深入贯彻落实党的十七届三中、四中全会精神，以科学发展观为指导，认真执行党中央、国务院“扩内需、保增长、保民生、保稳定”和强农惠农的政策措施，紧紧围绕中央提出的千方百计保证国家粮食安全和主要农产品有效供给，千方百计促进农民收入持续增长两大目标，积极增加贷款投放，增强金融服务能力，业务经营发展呈良好态势，为保持农业农村经济平稳较快发展作出了贡献。

回眸2009，有这样一段话让我们牢记：2009年，农发行贷款余额14512.6亿元，净增2319.8亿元，是五年来增加最多的一年，且投放节奏平稳，没有出现大起大落。金融债券余额8109.3亿元，净增1612.2亿元，社会资金通过农发行回流农业农村规模逐年加大。不良贷款率3.61%，同比下降0.19个百分点。经营利润143.7亿元，其中账面利润31.4亿元，同比增幅20.3%。听完这些成绩，前来参会的记者们围绕金融债券进行了现场采访。农发行总行副行长、党委委员丁杰作了深入细致的解答。之后，记者们组成采访团深入一线，用镜头和笔墨记录了农发行支持新农村建设的光辉历程。

3月6日早晨，采访团的成员们顶着漫天飞舞的雪花来到安徽。

肥西县官亭镇马河湾村丰祥农庄是采访团赴皖采访的第一站。这里是农发行安徽省分行支持全省土地整治、整村推进实施项目之一。丰祥农庄建设占地519亩，总体布局为“一心、一环、两轴、三片、六组团”，水、电、路、绿化、环保等基础设施完善，文化活动、教育医疗卫生、行政服务、商业服务、休闲娱乐等功能齐全。12时许，正在家收看“两会”新闻的65岁的村民王大爷得知采访团到来，高兴地到门口迎候，他将记者们拉进了自己近200平方米的两层小楼。记者们纷纷表示恍如来到城里人家。瞧，上下两层的楼房四室两厅两卫，自来水、抽水马桶一样不缺，一楼客厅宽敞明亮，液晶电视、空调、沙发、茶几等现代化的设施齐备。王大爷高兴地告诉记者，搬到新农村，搬到新房子，在新的环境中感到特别幸福。接着，他为记者们算了一笔账。他家共有五口人，在土地整治、整村推进项目实施前，一家人生活来源主要靠种地，很辛苦，一年收入只有3000多元，通过土地整治，一年土地租金就有7000多元，比自己耕种整整多出4000元。他儿子、儿媳和老伴还能就近打工，一年能挣6万多元。目前王大爷自己还干上街道卫生保洁员的工作，一年能拿4000多元。王大爷上小学的孙女插话说："现在我上学可方便了，原来学校离家远，每天上学还要带饭到学校吃，尤其是遇到这样的雨雪天气，路都没办法走，现在好了，学校就在家附近，一会儿就到了，中午都能回家吃饭了。"听了小女孩稚气的话语，记者们欣慰地笑了。

肥西县常务副县长夏伦平向采访团的记者介绍说："通过实施土地整治、整村推进，一是土地利用节约集约化水平显著提高。项目区新增耕地2906亩，新增耕地率达15.67%，其中宅基地整理新增耕地1452亩、土地整理新增耕地1454亩，村庄占地率已从整理前的10.6%下降到2.8%。二是农村人居环境明显改善。1400多户居民汇集到一个占地519亩的居民点集中居住，不仅拥有了式样美观、结构合理、环境优美、配套完善、安全舒适的居住环境，而且还享有了更加完善、便捷的公共服务，农民的生活条件和精神风貌同步提升。三是农业综合生产能力显著增强。土地整治后，项目区内全面实现了'田成方、林成网，路相通、渠相连，旱能灌、涝能排'的现代农业生产新布局，农田有效灌溉率达100%，高标准农田比重80%以上，农业机械综合指标90%以上，为加快发展现代农业、推进农业机械化生产奠定了良好基础。四是农民增收渠道进一步拓宽。王大爷家就是一个典型例子，我们测算了一下，农民人均纯收入能实现三年倍增。”

“项目能这么快实施，真得感谢农发行。农发行安徽省分行在了解到官亭镇丰祥农庄新农村社区建设项目资金存在缺口的情况后，积极主动上门与县、镇政府相关部门、单位沟通，商谈信贷支持、省市县三级行联动，实行一站式的优质金融服务。在一个月时间内，完成了丰祥农庄新农村社区项目1.15亿元的贷款评估和发放，并及时把资金转入建设单位，确保项目工程进度按计划如期实施，解决了地方政府临时性集中筹资困难。”夏县长动情地说，“农发行是真正建设新农村的银行。”

离开了丰祥农庄，采访团一行又参观了芜湖市南陵县大浦新农村建设试验区。该试验区是安徽省千村百镇新农村试点示范建设之一，采用“政府引导、企业运作、村企共建、政策创新、产业推动”的全新模式进行建设，为全省唯一一家由国家级产业化龙头企业负责投资实施的试验区，通过对原来分散村庄住户进行拆迁，统一安置，对原有村落进行复垦，从而起到节约土地、集约化耕作的作用，建立现代农业生产和农业循环经济体系，实现集种植、养殖、加工、旅游观光等为一体的规模化经营。试验区规划面积为16平方千米，涉及农户1810户，总人口6900余人，建设总投资10亿元，农发行3亿元信贷资金已投放到位。

在试验区内，采访团记者看到，一座座农民别墅、农民安置小区拔地而起，一个个农业大棚在田间耸起，虽是雨雪交加，农业观光园内鲜花盛开，透出浓浓春意。中央电视台的记者和正在大棚里工作的一个年轻人攀谈了起来，小伙子介绍说，通过试验区建设，企业为他们建立了社会保障体系，让区内农民享受到城镇居民在教育、医疗、养老等方面的政策待遇，同时对当地农民进行普及现代农业科技的培训，并与现代高科技农业生产实践相结合，实现由传统农民向产业工人的转变。“我现在在企业里是个班组长，一个月能拿3000多元呢。”小伙子乐呵呵地说。

安徽省分行支持土地整治、整村推进工作也得到了各级党委、政府的肯定和赞赏。2009年12月30日，安徽省委书记王金山对此作出重要批示：“农发行安徽省分行积极创新金融产品，服务城乡统筹发展，在推进新农村建设上工作很有成效。谨表感谢！望再接再厉，进一步发挥农业政策性金融职能，为安徽的崛起大业提供更有力的金融支撑。”

位于大别山腹地“江北毛竹第一县”霍山县的安徽龙华竹业有限公司是采访团赴皖采访的又一站。谈起农发行，龙华竹业董事长方业龙充满了感激。为开发利用霍山县丰富的毛竹资源，2004年，龙华竹业投资1.2亿元，在霍山经济开发区新建竹材综合开发项目，由于公司成立时间短，资金实力弱，项目建成后，流动资金严重匮乏，公司经营举步维艰，在关键时刻，正是农发行安徽省分行“雪中送炭”，向他们伸出了援手。2007年初，根据企业生产经营实际，为公司安排了3750万元中长期贷款，随后又落实了配套流动资金，让企业化危为机，生产步入良性发展轨道。2007—2009年，农发行又陆续对该公司竹地板项目、竹家具项目、竹木复合重组材项目、桑枝重组材项目给予了贷款支持，截至2009年末，农发行为龙华竹业累计提供贷款2.38亿元。在农发行扶持下，企业不断发展壮大，2009年完成销售收入3.5亿元，利税3200万元，入库税金1115万元，出口创汇3000万美元，并开国内同行业之先河，斥资200万美元，收购了美国最大的地板网络销售公司——iFloor 公司。

“企业做大做强后要回报社会”，在这种想法主导下，龙华竹业与农发行、省担保集团共同实施开展了万户毛竹富民工程，精心打造了“龙华竹业+省担保集团+农发行+地方政府+农民”的“五位一体”的系列化“富民兴业”农户担保信贷计划，由农发行贷款，龙头企业充当“总借款人”，专业性担保机构提供担保，政府负责协调，为企业订单农户提供统一贷款服务，所有贷款直接打入农户的“一卡通”存折。计划的实施使广大竹农有效解决了融资难问题，从而进一步扩大种植面积，“富民兴业”。在企业，记者们见到了开着私家轿车专程赶来的大化坪镇王家河村种竹农民俞荣高，他是去年12月份才从万户毛竹富民工程项目中借款7万元，计划新栽毛竹10亩，低改毛竹15亩，成材后，仅毛竹一项年收益可达27780元，较项目实施前增加15080元，增长约118.74%。对未来的发展，俞荣高踌躇满志，走到陪同记者的农发行工作人员身边，说道："现在，我们农民都知道你们农发行是专门为农民服务的银行，等我把竹林进一步做大了，也要成立一个公司，也要向你们农发行申请贷款，让我们的竹农们更富。"听了他的话，大家无不为这位农民兄弟竖起大拇指。

由农发行贷款25.4亿元支持的六安市淠河治理工程是采访团此次安徽之行的最后一站。淠河流域综合治理是继20世纪五六十年代六安人民积极响应毛主席"一定要把淮河修好"的伟大号召，在淮河上游修建拦蓄大别山区洪水的佛子岭、梅山、磨子潭、响洪甸、龙河口五大水库及淠史杭工程之后的又一个巨大的治淮工程。

采访团一行人漫步在淠河坝堤，放眼望去，水天一色，幢幢高楼鳞次栉比，块块田畴显露生机，横跨东西的拱形桥像一道彩虹从山峦间划过天际，远处民居屋顶的太阳能热水器闪着熠熠的光，好一派田园风光，有记者感慨说，真是"清水绕绿城，参差十万家"呀。然而，谁又能想到，治理前的淠河是怎样的情景呢？在淠河总干渠生态环境综合治理之前，那里垃圾如山，污水横流，采砂船更是星罗棋布，机声刺耳。看到今天的美景，六安市副市长钟园兴高采烈地给采访团当了一回向导。

3月6日晚，农发行安徽省分行副行长韩毅接受了采访团的采访。韩毅介绍说，安徽省是中部省份、农业大省，粮棉收购量大，同时受地方政府财力制约，农村公共事业欠账多，农业发展基础设施支撑能力弱。根据这一实际，2009年，特别是4月份省分行新一届党委成立以来，在做好粮棉油收购资金供应的基础上，通过与各级政府融资平台合作，以符合国家支农政策、提高农业综合生产能力、促进农村社会全面进步的非经营性项目为重点，加大了对农业农村中长期非经营性项目贷款支持力度。全年累计发放各类粮棉油收购贷款256.6亿元，支持收购粮食243.56亿斤、棉花226万担、油料11亿斤，有力有效保证了国家宏观调控政策的落实，维护了国家粮食安全，增加了农民收入。投放农业农村中长期贷款130亿元，约占贷款累放总量434.8亿元的30%，是前三年投放总和的3倍，年末中长期贷款余额达到180.82亿元，约占贷款总余额761亿元的23.8%，比年初增加129.95亿元；2010年以来，又投放26.37亿元，有力缓解了农业农村领域基础建设投入不足的矛盾，解决了各级政府建设资金不足的燃眉之急。

“中央一号文件提出，要进一步加大政策性金融对农村改革发展重点领域和薄弱环节支持力度，请问安徽省农发行在这方面有什么打算？”面对记者的提问，韩毅说：“我们将在总行党委的正确领导下，按照‘一体两翼’的业务发展格局，认真贯彻落实中央一号文件的要求，在全力保证粮棉油收购工作的同时，大力开展农业开发和农村基础设施建设中长期政策性信贷业务，强化信贷投向引导，围绕治水、治污、土地整治，不断扩大信贷体量，加大对民生领域支持力度，让惠民生成为农业政策性金融最强音。”

又是一年春光好，无边光景一时新。新农村建设蒸蒸日上，深深地打动着采访团的记者们，他们为了掌握更详细的资料，与采访对象倾心交谈，一次又一次地推迟吃饭时间。中央电视台的记者为了在“两会”期间把采访到的消息及时报道出去，顾不上吃饭，到江苏电视台进行编辑发送，上午录的节目下午4时就在《新闻直播间》播出了。新华社、中国证券报、上海证券报的记者，中午匆匆吃了一口饭就回到驻地写稿。为使采写的稿件能在第一时间发出去，他们顾不上打印，让总行宣传部总经理赵作元在电脑上浏览。中央人民广播电台的记者利用到下一个采访点的间隙，在大巴车上连线《中国之声》，他的同期声顷刻间就传遍了960万平方公里的大地，全车的人都为他鼓掌。他上海的一位朋友开着车听到了这个节目，给他发来短信说：“我刚听到你在安徽帮着建设新农村，令人振奋。”

建设新农村是农发行人的骄傲，农发行人一定不辜负历史赋予农发行的使命，在建设新农村的道路上奋力前行。

（原载于《农业发展与金融》2010年第4期，原标题为《又是一年春光好——中央主流媒体赴皖采访农发行支持新农村建设扫描》）

界首县农行不当“甩手掌柜”

安徽界首县农业银行积极采取措施，通过“转产、承包、联营、拍卖”，引导和扶持有条件的关停乡镇企业重新恢复生产，收到了较好的经济效益。

前几年，界首县农业银行在支持乡镇企业发展生产中，往往只求单一的信贷资金扶持，企业一旦关停，则随即停止发放新贷款，而后登门催收旧贷款。企业只能望“贷”兴叹，无力偿还债务。到1986年底，全县关停乡镇企业达101个，积欠贷款58万元。面对这一困境，县农行一改过去“甩手掌柜”的现象，组织信贷人员深入关停企业逐一调查摸底，认真分析研究造成企业关停的原因，然后，采取切实措施，分类指导，把信贷杠杆的触角扩伸到救活关停乡镇企业的各个环节上。

他们采取的做法，一是帮企业转产。砖集面粉厂原来是个区办农机厂，产品销量不畅，只得关闭，积欠农行贷款2.7万元。1986年初，县农行通过市场调查分析，认为目前面粉需求量大，尤其是优质面粉备受食品行业青睐。他们及时把这一信息传递给该厂，建议利用当地充足的小麦资源及原有厂房设备，转产面粉加工，这个厂转产以来，每月净盈利6000余元。在县农行的帮助下，全县仅转产的企业就达12家，均获得了经济效益。

二是参与经营管理，支持企业承包。伍寨轮窑厂因赊销应收款项过大、财务管理混乱等原因，企业处于半瘫痪状态。后虽经几度承包，但由于合同不够完善，始终未能兑现，仍积欠银行贷款3万元。为使这个厂尽快起死回生，县农行积极发挥信贷服务与监督作用，一方面排除会计人员帮助企业清理财务账务，建立健全管理制度；一方面建议乡政府让懂管理和经营的农民张兴隆承包该厂。各项承包责任制度完善后，县农行又适时给予2万元贷款，使这个厂很快复苏。去年该厂实现产值32万元，创利润6.5万元。乡政府从企业上交款中归还银行旧贷款1万元，下欠贷款按规定在1988年全部还清，使企业、主管部门和银行三方受益。

三是运用信贷杠杆，促进企业联营。枣林纱厂是1985年新办的企业，由于电力供应不正常，生产时断时续，很不景气，濒临倒闭。该厂向农行提出购买发电机组的贷款申请，农行认真考察评估后认定，用发电机组发电生产，加大了企业生产成本，加之原欠银行10万元贷款，企业处于“超负荷”运行状态，获利甚微，决定不予贷款。后来县农行了解到二轻局所属的针织刺绣厂，占据水、点、路等优越条件，技术上与枣林纱厂相近，只是加工生产能力差，正好两厂可以取长补短。县农行积极牵线搭桥，促成了双方的联营，1987年11月正式试车投产，预计年产纱可达150吨，获利15万元。

另外，该行还依法管理信贷，督促企业拍卖。丰收食品积欠银行和信用社贷款13.2万元，由于种种原因，该厂无法继续经营。县农行多次与企业协商，如该厂按市场需求调整产品结构，打开市场销路，银行愿意尽力扶持，但企业需要按期限归还行、社贷款。最后这个厂表示愿将12.7万元的固定资产和部分流动资产作价移交银行，以资抵还债务。为了使这部分资产尽快重新投入使用，发挥其效益，银行又按原价拍卖给有“能人”之称的李登化经营。现在该厂已恢复正常生产。

（原载于《中国乡镇企业报》1998年4月13日）

四川农金农资系统支农见闻

三月的巴山蜀水，景色宜人，点缀其间的油菜花一片金黄，弥漫着春的气息。

又到春潮涌动时，我们驱车前往地处四川盆地西南边缘的农业大县——仁寿采访。该县农业银行主持工作的副行长仁国顺告诉我们，仁寿是全国十二大商品粮基地县之一，还盛产棉花、油菜等经济作物。为了做好今年的春耕支持工作，全县行、社干部职工可没少动心思。年年春相似，今朝却不同。到基层转转，相信你会不虚此行。

我们驱车来到了杨柳乡信用社。社主任高世军拿出了13本厚厚的贷款手册，记者一边翻阅借据，一边听着高主任的介绍。去年12月上旬，这个信用社就对4000户农民进行了春耕资金投向和投量的专题调查，调查面积占总农户数的80%以上。而后送货上门，服务到家，有时一天要办理500多笔贷款，做到了早计划，早安排，早落实。截至3月7日，全乡5400多户农民已腰揣53万元春耕生产贷款。

采访中，云棚村农民刘应青对记者说：“我家4口人，三亩二分地全部种水稻，我一个人就承包了，一季可以收入千把块钱。信用社给我贷款350元，添置了一台抽水机，现在就想着农资部门能供应优质高效、价格合理的化肥。”

为了进一步了解全省春耕生产资料的准备情况，我们又专程前往四川省农业生产资料公司。该公司负责人张昌富坦率地说，今年农资需求稳步上升，春耕化肥总量供需基本平衡，但优质尿素肥偏紧。针对这一问题公司采取“大化肥不足小化肥补，计划内不足计划外补，省内不足省外补”的措施，开展配方供肥，充分发挥供销社4000余家“庄稼医院”和2000多家村级综合服务站的作用，确保技术推广到哪里，物资便供应到哪里。目前，公司正、副经理已带队分赴21个地、市检查落实生产资料购销情况，以严把商品质量关，严肃物价纪律，切实保护农民利益。

离开蓉城前，我们又见到了省农行行长明云城。明行长笑着说，我们这些农业社会化服务部门都在为支持春耕做准备，拿农行来说，全省计划发放农贷40亿～50亿元，比去年实际发放增加15%～20%，是历年安排春耕资金最多的一年。在实际操作中，我们将进一步把支持春耕与其他几个方面结合起来。一是与支持社会化服务体系和集体经济建设相结合，二是与支持农业科技成果推广应用相结合，三是与支持农业综合开发相结合，四是与支持贫困地区的经济开发相结合，以促进农工业生产向优质、高产、高效方向发展。截至目前，全省农行和信用社已累计发放春耕贷款17.9亿元。

四川农金、农资系统以优质服务奏响了春的序曲，相信亿万四川农民会以辛勤的汗水谱写丰收的乐章。

（原载于《中国农金报》1992年3月26日）

阜阳地区农行支持生产自救不遗余力

“拆东墙补西墙，墙墙不倒；办急事解难事，事事不拖。”这是安徽省阜阳地区农业银行在支持灾后生产自救工作中得到的赞誉。

今年仲夏时节的特大洪涝灾害给阜阳地区人民带来了严重损失，也给农村金融工作造成了想象不到的难度，一方面夏季信用回笼计划难以顺利实施，另一方面支持生产自救亟须大量增加资金投入。面对资金供求矛盾十分突出的不利局面，地区农行审时度势，通权达变，打破信贷资金条块分割的界限，利用时间差、项目差灵活进行融通调剂，把因灾暂时闲置的一些专项贷款调动起来，纳入支持生产自救的资金序列，统一调度使用。与此同时，他们还采取“向上级行要一点、向人行借一点、自己再组织一点”的办法，加入信贷资金投量，尽力满足以秋补夏、以工补农、以副补粮等方面的资金需求。

在资金较为充裕的基础上，阜阳地区农行为不失时机地支持生产自救，还在全系统强化干部职工全心全意为人民服务的公仆意识，改进工作方法，全面实施“马上就办”的工作制度，提高办事效率。对在条件许可、政策允许、实际继续的情况下该办的事项，雷厉风行，快速运作，不遗余力；并做到任务清楚，责任清楚，时限清楚，方法清楚。对于生产自救的小额贷款，立即给予办理或答复；对大额贷款需要调查研究的，限在3天内定夺；对基层营业所和信用社迫切需要解决的事项，主管部门必须在24小时内予以答复，过时不答复的视为同意，不得遇事推诿，办事拖拉，贻怠生产自救良机。为减轻全地区44个特重灾区、137个乡的特重灾村农民的贷款利息负担，该行立即召开行务会议，研究具体措施，并在第一时间发出明传电报，要求各行、所、社严格执行基准利率，不准擅自上浮。颍上县农行在接到县农资公司购塑料薄膜衣解决行洪区灾民住房困难的贷款申请后，急事特办，当即召集有关部门研究，仅用10分钟就办妥了30万元流动资金贷款。

自6月份以来，阜阳地区农业银行坚持“特事特办，急事果断，快办办好”的原则，有效地支持了生产自救工作的顺利开展，到8月底，全地区农行和信用社已投放生产自救贷款32656万元，支持购买种子34804吨、化肥229692吨、柴油8128吨、农机具13277台（件），此外还因地制宜扶持群众开展编织、捕捞、养殖、加工等多种经营，拓宽了生产自救门路。

（原载于《经济信息报》1991年10月6日）

宁波农行支持乡镇企业创汇

宁波市农业银行积极支持乡镇企业开拓国际市场，发展农村外向型经济，尝到了“倒一瓢水，引一井水”的甜头，去年全市农行和信用社投放乡镇企业贷款48亿元，乡镇企业创产值213亿元，出口额达16亿元，利税分别较1990年增长45% 和56%。

为了促进乡镇企业开拓和发展出口创汇产品，宁波市农行和信用社对乡镇出口创汇企业实施信贷倾斜，在贷款上给予“四优先”，即优先安排项目、优先提供技术改造贷款、优先解决流动资金贷款、优先办理进出口贸易结算。在明确指导思想的基础上，该行注重把信贷杠杆的支点放置在支持企业技术改造、提高产品质量上。1991年全市行、社发放技术改造和设备贷款14471万元，并通过租赁形式投放贷款3200多万元，租赁设备1100台（套），支持200余家创汇企业新上技改项目。

与此同时，宁波市分行充分发挥信贷、国际业务、信托业务等综合优势，多渠道支持发展“三资企业”，拓展出口门路，去年共向70多家新建“三资”企业发放贷款10亿多元，并投放外汇贷款1568万美元，培养出口创汇先导力量，增强企业出口实力。

宁波市分行还注重为创汇企业提供产前和产后的信贷服务，去年为近千家企业提供各种经济信息2800余条，办理资金调查30余笔，避免企业交易和投资失误1500多万元，为企业办理进出口贸易结算5562万美元。

（原载于《中国农金报》1992年3月26日）

乡镇企业切莫“跟着感觉走”

《跟着感觉走》已经成为时下流行的通俗歌曲，有人把工作中“无目标，无计划，无把握”所造成的失误，也称为“跟着感觉走”，这倒促使笔者联想到乡镇企业发展过程中出现的一些类似问题。

问题之一：主观臆想，盲目立项。近几年来“想要富，上项目”似乎成了农村经济发展的手段。一些乡镇企业尚属“空白”的地方，领导为了突出任期内的政绩，置当地资源、技术、产品销路等客观条件于不顾，有时仅凭一时冲动或一条未加分析的信息，就盲目办厂，根本不进行立项的可行性论证。前些年，当社会上盛传乳酸酶成本低廉、价格昂贵时，安徽省亳州市古城区集资30多万元，又先后从银行贷款60余万元，建成一个厂，结果技术水平达不到要求，生产不出合格产品，销量自然也无着落，最后只得停产。曾经红极一时想要干一番大事业的工厂，现在只能落得个作茧自缚的结果。

问题之二：相互攀比，一哄而上。由于乡镇企业在农村经济中的地位日益突出，各级政府对发展乡镇企业的愿望就更加急迫。于是，人人奋勇，个个争先，不管是穷乡僻壤，还是繁华的集镇；不管是旱涝保收的良田，还是水源保护地带，简陋的厂房相继而起。这些乡镇企业的兴起，带来了农村经济的发展，但也带来了一些重复建设和无效益工程的苦果。前一时期，“要当市长，先办酒厂”“要发奖，找酒厂”等说法在以产古井贡酒闻名的亳州市不胫而走，有“摇钱树”之称的酒厂在该市也随之越办越多。由于大家跟着同一感觉，盼望抱个“大金娃娃”，短短两年多时间发展了200多家酒厂。这种建厂的主观随意性，不仅造成了产业趋同化，而且使112家小酒厂因“先天不足”相继滚鞍落马。

问题之三：行政点“菜”，银行付钱。由于受经济过热的影响，大办快上乡镇企业的小气候加上相应的行政压力，使乡镇企业的投资热不断升温，银行和乡镇企业贷款也随之膨胀。一些地方政府部门错认为银行是“财神爷”，就好像取之不尽、用之不竭的“摇钱树”，是天然的靠山，只要有新上的项目，银行就得投放贷款。因而一下子就靠在这个“金山”上，今天这个打电话，明天那个批条子，银行如不支持就是“失职”。总之，领导感觉所至，银行贷款随之，造成信贷资金“奉命赶集”的被动局面。据统计，亳州市近几年来仅农业银行和信用社发给乡镇办小酒厂的贷款就不低于2000万元，至今尚有1173万元没能按期收回。

基于上述情况，笔者以为，在治理整顿不断深入的今天，发展乡镇企业应认真、冷静地回顾和总结过去，考虑未来，进一步合理调整产业结构，切实做到保短线压长线，保低耗降高耗，保优质压劣质，保盈利压亏损，引导乡镇企业进入一个持续、协调、健康、稳步发展的新阶段。切莫再让乡镇企业“跟着感觉走”了。

（原载于《经济信息报》1989年9月19日）

下篇

最美的行走

草原夜色美

“草原夜色美，琴曲悠扬笛声脆，晚风吹送天河的星啊，汇入毡房闪银辉……”第一次听到《草原夜色美》这首歌曲时，我就对美丽的草原之夜产生了无限遐想。

初秋时节，我取道哈尔滨，先到内蒙古的海拉尔，再驱车绕过墨蓝色的呼伦湖，前往呼伦贝尔草原深处的新巴尔虎右旗原生态草原。

抵达时已是下午四五点钟。放眼望去，草原慢慢褪去青翠，燥热也渐渐消散，换上的是绿中带黄、黄中夹杂着红的奇妙景色，就像上帝打翻了调色板，五彩斑斓。蓝天、白云，一望无际的草原，是上天的恩赐。当地的牧民把全部的智慧，似乎都用在草原生态环境保护上了。只需看那错落有致的蒙古包，建在草原深处的私家旅游牧场，就很有一种万象相生绵延不断的气息。深思熟虑的牧民剪断铁丝网，将数家草场连成一体，自发成立牧业生产和草原旅游合作组织，回归大游牧生产，损有余补不足，造就了草原大野芳菲、亘古犹新的端重与安详。

黄昏将至，天地浑然，苍穹无边，绿中带黄的牧草在晚风吹拂下悄然脉动。我独自漫步在草原上，整个人心甘情愿地被视线牵动着沿牧场转了一圈儿，然后静静地伫立，目光漫向天际。天边，最后一抹玫瑰色云霞正在一点一点地淡下去。只顾欣赏即将到来的草原夜色，竟把该进蒙古包用餐的事给忘了。

私家旅游牧场的主人早已备好烤全羊和手抓肉，熬好了奶茶，开启了马奶酒。蒙古包餐厅的装饰，丝毫不逊色星级酒店，灯光照得如同白昼，酒席上更是歌声不断，悠扬的马头琴、长笛声成了最好的佐酒菜。敬酒人头戴蒙古族头饰，身穿长袍，脚蹬马靴，用洁白的哈达托着银盘，先用蒙语演唱《祝酒歌》，逐个给客人敬酒。尽管听不懂蒙语，但熟悉这曲调，并略知蒙古族敬酒的规矩：酒不喝歌不停。当然，实在不能饮酒也不勉强，你不妨微笑着表示谢意，以右手无名指蘸酒，先敬天，再敬地，而后敬祖宗，或者接过酒用嘴稍抿一点儿，主人就非常满意了。

晚餐后，带着微醺的酒意走出蒙古包，夜幕早已把天地收拢得严丝合缝，月亮也明丽大方地为草原铺上了一地银色丝毯。借着月光，牧场主人为客人举办了草原上常见的篝火晚会。大伙儿手拉手围着篝火载歌载舞，尽情地抒发心中的喜悦。在这星月低垂的草原上，即使你不唱不跳，席地而坐或站在一旁围观，听着那在马头琴伴奏下演唱的蒙古族歌曲，看着那抖肩翻腕、欢快优美的舞姿，也会被感染得情不自禁地模仿或哼唱起来。

“草原夜色美，未举金杯人已醉，晚风唱着甜蜜的歌啊，轻骑踏月不忍归……”篝火在悠扬的旋律中慢慢燃尽了。我意犹未尽，继续在蒙古包一旁的草原上徜徉，愈发感到草原夜色美。硕大的一块深蓝色幕布上星星闪烁，不像闹市的繁华深远，反而在月色的映衬下多了几分朦胧。此时，星星也变得温柔起来，仿佛在用美丽的笑靥守望着夜幕下的草原。这斑驳陆离的草原，一片碧绿，一片金黄，一片嫣红，一片酱紫，宛若一幅别具一格的彩色画卷。草原美妙的夜色，也撩拨着无边的情思，我忘情地趴到草地上，认真嗅着野草的味道，甜丝丝的，像拌着芍药花的空气，又像一杯香茗。近旁的金莲花虽只开了几朵，但也关不住缕缕暗香浮动，搅在温润的空气里，令人心旷神怡。

草原夜色美，美得落落大方。如果说草原上的月光，是圣洁、美丽、庄严的，那么月光下的草原，就是辽阔、神秘、寂静的。极目四顾，似乎瞳孔已经装不下草原的宽阔和壮美，血脉开始偾张起来。仿佛草原的存在，就是为了显示人类的渺小。我凝眸远眺却看不到一棵树，只有洁白的蒙古包，它们像一朵朵白莲花散落在将要入睡的草原上。脚下的草地，一直绵延到天际。月光无遮无拦，直射到地上，体贴而大方。此时的草原，充盈着梦幻，笼罩着寂静，驻守在耳边的，只有自己轻微的呼吸和坦荡的心音。

借着月光，我将手机自拍杆平放在草尖上。摸一摸那些草尖，碧绿的青草齐刷刷地昂着头，挺起身子，透着一脸的光彩和兴奋，比白天还要精神，仿佛在传递一种清晰而浑然的声音——“万类霜天竞自由”，让你不由自主地挺起胸膛。它们簇拥在一起，全然一块天然的大草甸子，温暖、厚实。倘若有哪位疲倦的路人躺下来歇息一会儿，月光当被，碧草为床，用不了多久，就会被引入梦乡。

草原夜色美，美得自然天成。月色笼罩的草原，晚风也会收拢起野性的翅膀，悄悄地躲到草原的边缘地带，怕惊醒栖憩在湖泊中草丛中的一只野鸭或一群大雁，怕它们辗转飞往另一个地方。星星好像也在围着月亮打盹儿，其实，它们根本不犯困，而是在陶醉……时不时还能碰见各种可爱的小精灵，迷失在它们的童话世界里。草丛中倏地响起“叽”的一声，但是很快就又恢复了先前的寂静。大概是一只熟睡的百灵披着月光在做梦吧？一只硕大的山叫驴子突然从脚下蹿出，落进我的目光里，瞬间又旁若无人地向前走去，莫非它也让月光陶醉了？一些平常看似普通的水泡子，一旦拥有月光的宠爱，便雍容抢眼起来，在静静的草原上闪烁，既像是一面面镜子，又像是一双双眼睛。天上的月亮在水中悄悄凝望着自己，知道了自己的美丽；水中的月亮在天上轻轻地跳荡，收获了自己的景致。水色、月光，相互之间不知是谁映衬着谁，也不知谁更美丽些。

夜深沉，喧腾了一天的草原睡着了。那些白天在草原上尽情撒欢的牛、马、羊也进入了梦乡；百灵鸟、昆虫们在夜色的轻抚下，如同满月的婴儿吃饱喝足入眠了；甚至连忠实的牧羊犬，此刻也紧紧地贴在马牛羊圈旁，眯起警惕的眼睛，只把恬适、宁静和安详留给了整个草原。

我也该回蒙古包休息了。踯躅在回住地的路上，我放声高歌："草原夜色美，九天明月总相随，晚风轻拂绿色的梦啊，牛羊如云落边陲……"走着唱着，越是夜深人静，越感觉自己的歌声是那么绵长高亢，那么富有磁性；觉得自己不是游客，而是一个朝圣者；觉得草原的夜色带给我的不是一片风景，而是一个家园，一个心灵憩息的家园。

茶园满山坡

舒茶，皖西舒城县之南的重镇，206国道贯穿南北，把全镇分为东西两块。毛主席1958年9月16日来这里视察后，此地发生了巨大变化，成为全国学习的样板。我清楚地记得20世纪70年代，当时小学课本里还选编有《红日照舒茶》这篇描述毛主席视察的文章。每每听到收音机、广播里传来播音员深情地播报老人家视察时说的“人民公社”“以后山坡上要多多开辟茶园”的夸赞和嘱托，就会热血沸腾。这是我第一次知道舒茶。

亲临它已经是世纪之交的春天，我和几个朋友参观舒茶，每到一处，讲解员讲得绘声绘色，如数家珍：毛主席当年视察时曾在舒茶茶厂俱乐部休息，接见当地干群，现已辟为毛主席视察舒茶休息室，并在其南侧增建了专门纪念馆供人参观；老人家当年伫立并发出“以后山坡上要多多开辟茶园”号召的地方栽植了一棵松树，命名为“万年青”；在舒茶公社的大门边竖立了一块“毛主席视察舒茶纪念碑”，命名为“红日照舒茶”；在毛主席所眺望的青岗岭山坡上建成了气势磅礴的梯式茶园，并以他视察的日子命名为“九一六”茶园。

后来一次又一次去过舒茶，每一次拜访都有新的了解和体验。我平常到别的地方都是很匆忙的，好像只有到舒茶，到茶园，才会放慢脚步，而且特别绅士。对茶树像待孩童，低头握着小手，不敢大声说话。新近一次去舒茶镇，是今年清明前一个雨后的上午，镇里的秘书小王带我们登上茶园最下面的一块梯田。向上眺望宛如登天云梯的“九一六”茶园全貌，再环顾四周连绵起伏的翠绿山坡，一种被舒茶人民改天换地精神感动的心情油然而生。

1966年，为纪念毛主席视察舒茶十周年，响应“以后山坡上要多多开辟茶园”的号召，舒茶人民会战于青岗岭，开山辟岭，人造茶园，历时两个冬春，终于建成了著名的“青岗云梯”，即“九一六”茶园，也就是我们今天看到的十六道梯田。其中最大梯田面积11亩，最高梯田12.1米，最长梯田146米。

茶园招人，青岗云梯更惹人。每每来到这里，我都会被那梯次向上的美所震撼，前后左右不知先看哪里了。茶园专门用青岗石修筑了一条通往青岗岭峰顶的梯式茶道，一面幽谷环山，岭翠峰秀，茂林修竹；一面茶园毗邻，茶山叠涌，蜿蜒青翠。涉足其间，任多少清幽惬意、恣肆率性，都能在淡淡香气中得以挥洒。

走在这条一直向上的阶梯式茶道上，放眼望去，雨后的青岗岭轻绕着似梦似幻的烟雾，空气中时而夹杂着几丝幽香，沁人心脾。朦胧中，我看到山坡路边，红红的杜鹃花轻轻摇曳。再看看满眼嫩绿凝烟的茶园，倒真有点绿肥红瘦的感觉呢。

茶园绿得让人眼晕，让人心醉。站在青岗岭最高处往下看，如同观赏一幅国画长卷，目之所及的任何一片茶园，都是大自然与诗歌连接起来的地方。采茶姑娘用纱巾裹头，纤指如飞，轻巧地掰断芽头，茶叶便纷纷扬扬落在挎篮里。竹篮嫩绿铺底，忍不住凑前去闻，凉凉的茶草气清润爽心。

山坡，因为茶园，诗意浓浓；茶园，因为山坡，令人动容。在青岗云梯上漫步，边走边与青石台阶、浓密茶园对话，聆听到的是一种无障碍的视觉语言。难怪有人讲，一个地名，带着一个“舒”字，总令人产生无限遐想；要是再带上一个“茶”字，那肯定令人回味难忘。

年年岁岁茶相似，岁岁年年人不同。改革开放以来，舒茶镇已成为集茶叶科技开发、品牌创新、名优茶制作于一体的茶叶研发和生产的排头兵。近年来，“山坡绿”“特香早”茶树新品种已进入国家级良种区试种名录。“舒茶早芽”“山坡兰香”“小兰花”等名优精品茶因色泽翠绿、汤色浅绿明亮、兰花幽香沁人持久，多次获得国际茶叶博览会金奖。

耳畔响起“以后山坡上要多多开辟茶园”的嘱托，想到“九一六”“东山”“九二九”三大标准化茶园为龙头的万亩优质茶园，感慨万千。

啊，茶园满山坡！

牯牛降凝眸

说实话，在没去牯牛降之前，我无法想象这个取名堪称奇葩的地方，竟能吸引如此多的观光客，且一年四季络绎不绝。

从牯牛降归来，翻看手机里随手拍下的一张张美图，除了对它倾心依恋，我的心头甚至闪过一缕私念，不想用文字道出如此佳美静幽之地，不愿与他人共享这片自己凝眸过的“秘密角落”，生怕这片原生态的宝地遭遇追逐滥游和践踏。私念瞬间闪过，又想自己划定的“秘密”，也大有可能在自己是惊叹，在他人却是平常。如此放低了姿态，自己的所谓“秘密角落”，也便急不可耐地成了独乐乐不如众乐乐的微广告。

还是学着琴书的唱腔，再吸收点鼓词的营养，先交代牯牛降的由来。

对牯牛降的认知，是从名字开始的。它同一个神话传说相关。古时的牯牛降山中，生活着一只被《山海经》描述为“状如鸡而白首，鼠足而虎爪”的叫魁雀的怪鸟，以各种飞禽走兽为食，人们都闻雀丧胆。春秋时期的老子云游四方传经授道时，曾骑青牛路过牯牛降。那日，山中忽然一声怪叫，随之狂风呼啸，魆雀从天而降，直向老子和青牛扑来。正在吃草的青牛，对天一声长哞，瞪圆双眼，张开四蹄，腾飞而起，用双角向魆雀顶去。这魆雀平日骄横惯了，哪把青牛放在眼里，不想这青牛神力巨大，魆雀一不小心，被牛角顶折了翅膀，怪叫一声跌落在一道山梁上。青牛见状，纵身跃上山梁，将怪鸟紧紧压在身下，让它永世不得翻身。时间一长，青牛化作了巨石，怪鸟的尸骨烂成了泥土，羽毛变成了许多奇形怪状的松树。为纪念大青牛，后人便把这座山起名叫作“牯牛降”。

牯牛降风景区位于石台县与祁门县交界处，主要有主峰、灵山、双龙谷、龙门、观音堂五大景区，其中前四个景点在石台县大演乡境内。由于牯牛降是黄山山脉向西延伸的主体，古代也曾称“黄山”或“西黄山”，主峰海拔1727.6米，与黄山、清凉峰同为皖南三大峰，以雄、奇、险、秀著称。登临极顶，南望群山连绵，黄山诸峰尽收眼底；北眺长江如练，八百里皖江迤逦绵长。作为华东最后一片原始森林，景区内蕴藏着极其丰富的动植物资源，被科学家誉为“动植物基因库”和天然的“绿色自然博物馆”。

有了对牯牛降的大致了解，便有了与它凝眸的底气。从牯牛降风景区入口向远处眺望，龙门景区像是一幅翰墨天成的画卷：深茂古木直冲天庭，阳光漏将下来，透过深深浅浅的绿泼洒在奇松、怪石、溪流、山路和峭崖上，真个是“山静似太古，日长如小年”。

沿着石阶向上登攀，路面落满枯枝叶片，踩上去极其松软，不一会儿就到了龙门潭。只见两旁山崖对峙挺拔陡峭，脚下山泉汩汩流淌，这就是传说中的牯牛降龙王经常出入的地方，故称“龙门”。龙门高88米，宽20多米，两山夹峙的峡谷就叫龙门峡，峡谷纵深百米。潭中巨石翻滚蜿蜒千米，被称作滚石滩。其中三块隔水相望的巨石格外醒目，据说古时看不惯人间冷暖江湖险恶，又不愿随波逐流的读书人，常寄情山水来此聚会读书，有三位隐士经常分坐在这三块巨石之上“笑谈古今事”，因而得名“三隐笑谈石”。

过了滚石滩，沿山道再往前走，龙门景区的“四叠飞瀑”便出现在眼前。那一刻，让我惊叹的不是从崖壁顶端飞泻下来的四叠白练，也不是瀑布下坠落地的震撼声响，而是头顶那一望无际的蓝，透明的，水洗过一般。这样的蓝天上飘动的云，像草原上撒欢的羊群，像蓝色冰川上盛开的雪莲。凝眸四周，古树参天，苍松蓊郁，行走其间，你会彻底忘却城市上空的雾霾，你会觉得沐浴了一场绿雨，浑身上下每一个毛孔里的污垢，都被冲刷得干干净净。

灵山，又称奇峰，也有着动人的神话传说。话说在外婆家做客的外孙因误食龙蛋幻化成龙，但孝心不改，坚持要为外婆砍柴烧饭。但这个龙外孙“砍”柴不会用刀斧，只能用尾巴“绞”。这一绞不打紧，满山满垄的树被当成柴火，成片成片地连根绞起来了，山也被绞塌了半边。这就是一山耸峙的牯牛降山腰出现这么一大块平原的缘由。

可见，讲孝道有孝心的人，可以惊天动地，也可感动山神。半边山峰不翼而飞，一传十，十传百，“奇峰”就这样被叫开了。旧时灵山上曾有“观孝寺”，有求必应，很是灵验，故而得名。灵山的故事，是对家风家道、孝心孝道的一种期许，你不妨前来试试。

越往牯牛降里面走，心越静。心越静，眼越明，就越能感受到平常感受不到的东西。双龙谷景区在密林深处，灌木丛生，横柯上蔽，荆棘藤蔓，浓荫匝地。不时有成群的鸟从林梢掠过，叫声悦耳，却不知它们飞向哪里，又栖憩何处。在长涧口的拐角处，有一棵牯牛松苍劲挺拔，树冠如华盖，干枝似虬龙，饱满而又坚实的躯干，给人一种强烈的沧桑之感。我凝眸它的时候，它似乎也在凝眸我，我们好像都是彼此的风景。双龙谷景区集聚了牯牛降所有景观之长，在这里可以真正体会到“西黄山”的韵致。这是一片自然真实的山野，像一块翡翠藏匿在大山里，经年累月，风拂雨润，经络和肌理中便有了一种莫名的仙气，让每一位观者都心生敬畏。

循着古道，走走停停，各种鸟的鸣叫都自如得似缕缕山风，我把在牯牛降里的行走当成了审美体验和诗意散步。太阳渐渐西沉，也该按原路返回了，驻足凝眸主峰景区……我不是想打退堂鼓，而是腿睡着了，眼却醒着。留点遗憾给自己，也给牯牛降吧。

梨花又开放

去安徽砀山，必去梨园。有着“梨都”之称的砀山县，不仅有70万亩连片种植的果园，而且梨花怒放时，还能给人带来“占断天下白，压尽人间花”的视觉震撼。

梨花又开的春日，我驱车前往地处黄河故道边的良梨镇良梨村果园。在此等候的朋友开口便说：“来得早不如来得巧，昨天梨花还含苞待放，一夜春风召唤，今日梨园白茫茫一片。”听着他眉飞色舞的介绍，我不禁想起“忽如一夜春风来，千树万树梨花开”的诗句来，这一新颖贴切的比喻，倒成了现代梨园以“雪”喻“花”的真实写照。

眼下，黄河故道的水，依旧冰凉；皖北原野的风，依然料峭。河边的芦苇还泛着些许枯黄，一丛丛随风摇曳。但是，只要寒风中夹带着一丝暖意，梨枝就会复苏，生出红色花苞，待春风拂来，一夜间便竞相怒放，扮美春天。

看尽姹紫嫣红，你再放眼黄河故道两岸那一抹纯洁的白，竟不知从哪里看起。越是想尽收眼底，越是难以穷尽，视线所及都被梨花笼罩，一片花的海洋，粉白浩瀚地涂满原野，像是冬天里的雪，白得十分淡雅。无论是平地，还是陡坡，到处都是它们的领地，犹如一个大家族，遥相呼应，气势恢宏。这种突如其来的阵势，让我振奋，也让我感觉有些惊诧，这种不适应会在短时间内引发想象，使内心的感受力迅速扩展。

这种感受是自进入砀山县境内开始的。从高速公路出口到良梨镇梨园，沿途大大小小的梨树林密密匝匝，从上百棵到上千棵不一而足，绵延数十公里，梨花开得白如雪，亮如玉，风吹过，像翩翩起舞的仙鹤，在广袤原野上飞，令人眼花缭乱，恍兮惚兮，如痴如醉。

正值人间四月天，与梨花一齐盛开的是桃花……这里的梨园总和桃园纵横交错，它们总是欢天喜地你追我赶，红的红，白的白，各显姿色，竞相风雅，惹得游客左一眼桃花胜霞，右一眼梨花欺雪。

步入良梨镇良梨村“梨树王”“乌龙披雪”梨花观赏景点，犹如徜徉于一片花海。新枝的疏放，老树的浓郁，在我的眼中如诗一般沉吟。新树低低地压着地面，老树则虬枝高拔，密枝托着烟云，把花举得高高，参差不一，色调一片白。我弯下身，拾起脚边两朵形状各异的梨花，轻轻地托入掌心，借着直射而来的阳光静静地端详。打着朵儿的，花瓣半遮半掩着闺房，羞态万千，让人柔情缱绻；盛开的，花形如玉盏临风，盛满阳光，不由让人微醺。尤其是那花瓣，粉粉的、薄薄的，没有肉的质感，并不耀眼，是刚好与目光相容的月光似的嫩白……微风拂来，花枝随风而动，远看，宛如一位多谋的儒生，轻摇羽扇，潇洒飘逸；近瞧，又像一位素衣仙女，衣袂飘飘，随风轻舞。空气中弥漫着花的清香，沁人心脾。

梨花开放，在梨农眼里无关诗意；对赏花人而言，梨农和花都是诗情。那些本地的、外地的游客扶老携幼，带着积攒了一年的热情，迫不及待地涌向这里，除了看花，也在观赏梨农如何给每一朵花授粉。这同样是一场浩大的农事。那成片的雪海里，究竟有多少朵花？整个花期梨农都要站在树前，用特制的点蕊工具蘸着精魂，不停地点啊点啊。在花面前，梨农的心是虔诚的，每一朵梨花收到的都是最诚挚的问候。而对于我们这些赏花的人，伫立在树下，感受着梨花和梨农的辛苦，内心会情不自禁地赞叹："梨花和梨农都是最美丽的。"劳动的诗意，向来都是旁观者咀嚼出来的。

一树树梨花，单独看来，好像是从大地深处喷涌上来的泉水，整个白花花的树冠不正是一朵浪花吗？！而整体放眼望，整个梨园就像是相逐的波浪，一直拍卷向远方。别看梨花占据了梨园的空间，可走在花枝搭成的长廊下，身边依然氤氲着淡淡的绿雾，那是枝头上似绿还黄的叶子，它们也爆裂开叶芽，舒展开叶身，硬是将嫩芽的颜色和清香融进花的世界里去。因为它知道梨花的花期短暂：你开，我伴你左右；你谢，我向你致敬。

梨花谢的时候，正是果实开始吱吱生长的时候，这就是绿叶对花的情谊。

漫步鼓浪屿

到厦门，不能不去鼓浪屿。

对鼓浪屿的认知，还是缘于20世纪80年代一首耳熟能详的歌曲——《鼓浪屿之波》。直到现在，只要一听到这熟悉的旋律，我就会情不自禁地哼唱几句。难怪有人说，恋上一个人，就会恋上一座城。而我则是因为喜欢上一首歌曲，就向往着一个地方。

水路是到达鼓浪屿的唯一方式。从厦门厦鼓轮渡码头坐上游轮沿鼓浪屿绕行一周，望着身后的高楼大厦渐行渐远，鼓浪屿周边的红砖绿树越来越清晰，我的心仿佛开始纯净起来，似乎所有的烦恼都被游轮溅起的浪花洗涤掉了。

游轮绕岛游览个把小时后，就抵达了鼓浪屿的三丘田码头。我站在甲板上远远望去，蓝天白云下，岛上梧桐高大挺拔，榕树茂密如伞，花木葱郁耀眼，一些小巧的别墅和洋楼掩隐在斑驳的树影里，随着光影的流动，勾勒出鼓浪屿素描的局部。

走出码头，随着人流涌入岛上石板铺就的小街，没走多远就来到鼓浪屿管风琴艺术中心和与之毗邻的风琴博物馆，耳畔似乎还听到手风琴在演奏《小路》《莫斯科郊外的晚上》，偶尔从某栋街屋敞开的窗户里飘出钢琴和小提琴声。悠闲地看着，走着，还发现了别致的“新大陆”——小街石板上很有规律地雕刻着五线谱音乐符号，每隔几块石板就有一组，顺着小街蜿蜒延伸。这引起了我极大的兴趣，暗自猜想：难道是《鼓浪屿之波》的乐谱？在得到肯定的回答后，我不禁啧啧称奇，鼓浪屿这座“海上花园”不愧为“音乐之岛”。

徜徉在这个“音乐之岛”上，我沉醉了。我努力地找寻着这一美誉的成因。从19世纪中叶到20世纪初期，鼓浪屿迅速演变成中国第一富人岛，几十年间岛上建起了1014座欧式别墅和洋楼，俨然是一座欧洲南部小镇，建筑本身就是凝固的音乐、无声的诗歌、立体的画。岛上居住的外国人、华侨、商人占多数，这些人大都受过高等教育，从小喜爱音乐，学习音乐，更懂得享受音乐，于是开办新式学校十分盛行。

中国人开办的学校也开设音乐课，并引进钢琴、风琴、口琴、大小提琴、小号、大小洋鼓、军乐器和手摇式留声机等，这样的人文环境，成为当地传统音乐和西洋音乐融合渗透和传播发展的助推器。

在错落有致的街巷中穿行，扑面而来的是历史沉淀下来的强大气场，这种独特的气韵在繁华得令人窒息的大城市里是无法领略到的，是崭新的建筑、宽广的马路、时尚的小区无法替代的。路旁，一些年代久远、袒露着异国风情的欧式建筑，像穿着西装、抽着雪茄的西洋绅士。这些旧时的领事馆、教堂、洋行和别墅，散发着鼓浪屿独特的味道，伫立在时光的长河中，默默诉说着经年的风雨往事，时代的沧桑变迁。1840年鸦片战争，西方列强用洋枪洋炮轰开了中国的大门，厦门成为5个通商口岸之一。由于鼓浪屿是座海上孤岛，自然条件好，人口不多，小巧玲珑，自成一区又距厦门较近，外国教会纷纷登岛，先后建起十余所教堂传经布道。与此同时，鼓浪屿逐步沦为“公共租界”，相继有16个国家在此建立领事馆，比同时期的上海还多5个。

漫步鼓浪屿，看不到鳞次栉比的摩天大楼和令人眼前一亮的新奇建筑，唯有隐藏在斑驳巷道里的一些商店具有现代都市气息和时尚元素。来到鼓浪屿的人，大多对这里的古建筑、古雕塑等更感兴趣，岁月和历史在建筑物上留下的气息更令人着迷，建筑垫高了鼓浪屿的胸膛。

有人说，鼓浪屿的美丽犹如一首隽永的诗。鼓浪屿原名“园沙洲”，在小岛的西南海边，有两块相叠的岩石，长年累月受海水侵蚀，中间形成一个竖洞，每逢涨潮时，波涛撞击着岩石，发出击鼓般的浪声，人们称它为“鼓浪石”，鼓浪屿也因此而得名。我喜欢琴园这个地方，它与日光岩遥遥相望，园中绿树成荫，也许是受了绿叶和清风的感染，那林间的鸟儿，也变得格外欢快起来。一声声啼啭，或清脆，或浑厚，或婉转，或悠扬，如一串串跳跃的音符，流动在秋日清凉而通透的空气中。

漫步鼓浪屿，有一个神奇的地方不容错过，那就是日光岩，《鼓浪屿之波》这首歌曲中提到的地方。日光岩是鼓浪屿的最高峰，海拔92.7米，山上巨石嵯峨，叠成洞壑；树木葱郁，亭台掩映。山下是迄今400多年的莲花庵，因每天凌晨朝阳从厦门五老峰后升起，日光岩最先沐浴在阳光中，故得名日光岩，寺庙称日光岩寺。沿着登山台阶拾级而上，层层叠翠扑面而来。青山之上，云蒸霞蔚，我深深地吸进一口空气，让它在身体的每个角落打了个转，才不舍地慢悠悠吐出来。登临绝顶，山海奇观，风光无限，厦门，鼓浪屿，大担、二担诸岛尽收眼底。此景此情，让我不禁哼唱起来："登上日光岩眺望，只见云海苍苍，我渴望，我渴望……"

渴望什么呢？肯定是两岸早日团圆！时光烟云的深处，多少名噪一时的人物都湮灭得无影无踪，多少恩恩怨怨也逐渐为世人所遗忘。幸运的是《鼓浪屿之波》的传播使得鼓浪屿犹如被光盘的螺纹牢牢圈定，独特丰厚的历史和文化仿佛一股重生的力量，将这个昔日辉煌的小岛从时间的深处重新带到了世人面前。

情寄桃花潭

我最早知道桃花潭是因为李白，我最早知道李白是因为《赠汪伦》。每每诵之，脑海里总会浮现汪伦率乡民与李白依依惜别的场景，耳畔仿佛传来岸上踏歌的声响，胸中氤氲着两人在酒肆对饮畅谈的豪情……桃花潭位于皖南泾县境内太平湖畔，系青弋江流经翟村至万村的一段水面。县志《桃花潭》称“层岩衍曲，回湍清深”，“清泠皎洁，烟波无际”。原来青弋江流经此地时遇一峭岩，便借势打了个弯儿，形成一潭碧水。峭岩上古藤盘绕，遍生桃树，春暖花开时，烟雾朦胧，朝阳夕晕，山光水色皆被桃花绕裹，就像披上一层粉红色的飘逸绢纱，煞是旖旎，故被称为“桃花潭”。

读诗引发的遐想，县志描述的景致，让我常常在梦里想象桃花潭的模样，希望以此来安慰不断入侵我内心的怀想。我觉得深有千尺的一潭碧水蕴藏着一股强大的磁场，吸引我前去领略和观赏。

我是在一个桃花灿烂的春日驱车前往那里的。现在的桃花潭不仅是一处4A级旅游景区，更是一座历史久远的美丽古镇。

走在古镇的老街上，就像走在一条思古怀旧的走廊上。抬头望，牌坊的门楼上裸露着岁月旧痕，回廊翘檐上栖落着青苔野草；低头瞧，街上的道路由卵石铺就，千百年来被往来的行人踏磨得锃亮；左右看，两旁的店铺鳞次栉比，墙面砖泥斑驳，沧桑悠远。

好多年没有平心静气地品读一条街了，当我把自己的脚步按照阅读的节奏慢下来的时候，一些沉淀在记忆深处的老街画面，即刻被眼前的街景打捞出来。记忆喜欢对号入座，很多老街的独特风貌就像树杈上的苞蕾，当我开始想它们的时候，那些凋敝已久的青条石的街沿、鹅卵石的街面、青瓦粉墙的街市……纷纷抖落掉灰尘，排列有序地一个接一个在眼前晃动，桃花一样，瞬间开了。

在古镇上转过几条小巷，一个刻有“踏歌岸阁”字样的小阁楼散漫地漂浮上来，就像潜泳的鱼儿忽然跃出水面，让整个池塘波光粼粼。我马上意识到这就是梦中萦绕的当年汪伦为李白送行的地方，阁楼正是因为李白的诗句“忽闻岸上踏歌声”而得名。我沿一条古旧小道来到阁楼，只见阁楼下有一拱形圆门，穿过圆门便是桃花潭东岸的渡口。阁楼上开有四扇大窗，站在窗前放眼望去，整个桃花潭尽收眼底。与其说我来到了桃花潭，倒不如说桃花潭来到了我面前。

眼前的潭水清澈见底，飘逸如带，似一张偌大的风景明信片嵌在视野中，很容易让人联想到千年之前就在这里，大约也是春季，“李白乘舟将欲行”，汪伦率众乡民在桃花潭边踏歌挽留，无奈诗人去意已决，潭水载着一叶轻舟转瞬而去。诗仙虽行走在波光水韵里，但却留下了千古传诵的经典名篇。由此我突发奇想，是该感谢李白，还是该感谢汪伦？当年的桃花潭边，若没有诗人行吟，没有友人踏歌，现在的桃花潭该是何等荒凉和寂寞啊。

站在阁楼上凝眸对岸，峭壁上的桃花开得正艳，风吹如红锦飘飞，把峭岩上的“文昌阁”遮掩得时隐时现，恰如杜牧的“一岭桃花红锦黦”，满山都被夭红染透。那些粉的红的桃花，一如云霞绕在枝头，即使映在水里，依然舒缓、明丽，恍惚中还有一种曼妙的流动感。我开始审视这些桃树，这么多桃树都是谁种植的呢？我想它们大约是被风吹来的，一阵大风从山那边吹过来，它们落户以后，忙着开疆拓土，攻占所有的空隙，连一条石头缝都不放过。它们带着露水，披着烟霭，把一潭碧水揽在怀里。潭水累了、困了，就躺在它们的怀抱之中，桃花绽放，花开的声音把一潭碧水带进了沉沉的梦乡。

收拢目光向远处眺望，映入眼帘的是连绵起伏的群山，一棵棵古树宛如遮阳大伞，岸边农妇浣衣，田间老牛吃草，村户人家炊烟袅袅，埂头油菜花金黄耀眼。难怪有人说，在桃花盛开的地方，油菜花开得更旺。

“春路雨添花，花动一山春色。”不远处一片青草萋萋的岸滩上，三三两两的美院学生在全神贯注地写生，他们时而凝眸远眺，时而低头揣摩，画笔在花瓣间、花蕾间、花叶间不停地弹跳与翩跹。我在一位画桃花的学生旁边蹲了下来，他一丁点儿没有意识到我的存在，目光依然望向那满壁的桃花。我们不是同路人，但在那一刻，我们都是花的守护者，都沉醉在自然的美景中。是啊，那么多的树，那么多的花，一股脑儿扎到一起，谁会拂了这春意盎然的兴致！忽然，一阵发动机的轰鸣声打破了整个桃花潭的宁静，原来是一群游客坐机械船到对岸的“文昌阁”游览。我不禁想坐一条乌篷船，烟雨蒙蒙中，在船头和爱人共撑一把油纸伞，任由船只荡漾在水上……

桃花潭因李白的诗句闻名遐迩，然而这里不仅仅有李白的名篇佳句、李汪二人的情谊以及一潭碧波。我在想，春和景明，久居城市的人不妨带着一颗素朴的心走近桃花潭，定能体会到什么是真正的生活。

“皖韵”书香

安徽有闻名世界的大美黄山，黄山有功能齐全的各类酒店。记得每次来黄山，入住的都是地处屯溪区的徽州皖韵假日酒店，也即先前的红塔国际大酒店。

这是一个雨涩风悭的冬日，黄山的朋友又将我们引导至此。同行一改往日的客套，开门见山，单刀直入地介绍说，店还是那个店，但脱胎换骨了——它已成为黄山市首家以“悦读”为主题的星级度假酒店。

我立马反应过来，可能酒店请高人坐堂指点，用“悦读”注解“书中自有人生梦，最是书香能致远”的酒店内涵了。当图书馆的身影渐渐从快节奏的城市生活中淡去，酒店作为旅行中的驿站，正好变成了完美的阅读场所，身临其间会倏地萌生“读读书吧”的感叹。徽州皖韵假日酒店作为一个以图书为主题的酒店，将“书”与“店”完美结合，把人们久违的视线重新拉回到下榻的氤氲书香的栖身客栈。这里的所有客房均以中外著名作家和诗人的姓名冠名，客房内的书架上也相应摆放着名家的作品，成为作家主题客房，让客人可以随时随地亲近书籍，与文字相伴。

当晚细雨绵绵，我入住的是三楼一间叫“萨迪”的客房。打开房门，书香茶香扑鼻，临窗处放置一桌一椅，靠墙的一面是古色古香的书架，十几本中外名著随手可拿。床头柜上方墙壁上装有主题作家客房音频播放器，客人可按照使用指南，了解萨迪这位伊朗中世纪文学史上最著名的诗人，并欣赏他部分经典作品选段的配乐朗诵。

打点好行装，我在桌旁静坐，望着窗外若明若暗的夜景，倾听冬雨敲打地面的声响，点上一支烟，泡上一杯茶，洗去白天的劳顿，想在夜深人静无人打扰的时候，给自己平添几许诗意和情趣。喝一杯热茶，暖心暖胃暖手；闻几页书香，让寒冷落荒而逃。

人在书中，茶在手中，人生有味是清欢，书香茶香伴流年。在皖韵假日酒店的主题作家客房，人与书的柔情，茶与烟的缠绵，是一幅画，虽然不浓墨重彩，但寥寥几笔，即使是最简洁随意的勾勒，也是最和谐淡雅的画面，尤其在万籁俱寂的冬夜。

清晨，走出客房，随处可见书画名家的作品，一楼大厅读读书吧、喃喃书屋、且停停、香草餐厅，甚至户外的石凳木椅，酒店的每个角落都可以成为读书、品书的静谧之处。读万卷书，行万里路，阅读在这里彻头彻尾地变成了另一种旅行，打开一本书就等于开始一段旅途，不必留意终点，只需醉心于沿途的风景。

在这里我读到这样一段话："读书，是为了更诗意地生活，更智慧地思考。无论是美丽的诗歌、优美的散文、跌宕的小说，或者是专著、研究，都可以引领人们用多维的视角观察这个世界，体验不一样的人生。"皖韵书香溢芬芳。如能小住几日，借客房的一隅，读一读心爱的书，品一品醉心的茶，流年中，便是最好的光阴。

万佛湖行吟

我一直心有疑惑：同样是湖，千岛湖纵有一千座岛屿，万佛湖果真有一万尊佛吗？作为自然地理教科书和地方志的重要词条，对湖的称谓，千岛也好，万佛也罢，从字面上品咂，绝对不会是简单“数”“量”词的增减和转换，一定浸润着承载它们的那方水土所蕴含的文化密码和人们的情感寄托。

为释疑解惑，在一个雨后初霁的黎明，我驱车前往地处皖西舒城县境内的万佛湖。

在万佛湖大坝等候的好友小吴，是湖区“土著”，最知晓我的心思，一见面就指着湖边的一艘游船说：“泛舟湖中，佛在心中。咱们还是上船先沿湖走一遭吧。”透过湖岸苍绿的高杨矮柳和一些不知名的翠草，湖水像一面仰天长镜牵着你的视线缓缓向前。原本的蓝天已描摹上明明暗暗的云朵，阳光极力穿透云层。大自然是高妙的水墨画家，涂抹了云又挥笔在湖上轻轻点缀。雾霭里的湖岛静娴毓秀，山与树的倒影，在粼粼波光里时而清晰，时而舞乱了线条，随心所欲地涌动着起起伏伏的褶皱。

我们乘的是一种叫“冲锋舟”的快艇，耳畔充斥着发动机的低吟和舟尾湖水的喧哗。

知我心头遗憾，小吴解释道：“万佛湖景区总面积299平方公里，湖面面积50平方公里，湖岸线205公里，容水量9.3亿立方米，且星罗棋布66座大大小小的岛屿，比8个杭州西湖还要大，我们靠划船观光还不划到昏天黑地！”听他一席话，我立马催促道：“那就开足马力多跑几个景点吧。”快艇旋即将水面碾起大大的“人”字形浪花，犁出长长的“水垄”。靠近船尾处，翻腾着数十厘米高的水浪。极目远望，水天一色，不见涯际。漂浮于水上的岛屿似无数翠螺撒落于湖面，随湖水轻轻摇荡，有的如绿龟浮背，有的如鳌鱼出水，有的似紫燕剪水……如此，还是只能泛舟于湖中一域，登临燕子岛、周瑜岛和风情岛观光。

燕子岛位于万佛湖南面，因岛的形状宛如飞燕而得名。登岸之后，小吴介绍道：“‘落花人独立，微雨燕双飞。’每年烟花三月，岛上岸边花木扶疏，湖上水烟迷蒙，双双对对的燕子便掠水穿花，忘情于这片风水宝地。”

尽管岛上的百鸟园情趣盎然，但我还是钟情于墨禅堂和李公麟馆。墨禅堂陈设雅致，有一阔大的书法台，供客人挥毫泼墨，临窗处有一长案，供游客休闲品茗。李公麟馆有一大窗，可眺望湖景，亦可驻足欣赏墙上悬挂的《五马图》《临韦偃牧放图》等，领略这位被舒城人称作“宋画第一人”的风采。

岛与岛之间的距离看似很近，实则均需乘快艇抵达。以周瑜文化为主的周瑜岛，由毓瑾园、睿智园、知音园和练三墩等岛组成，波光潋滟，苍翠温润，不仅可以体验周瑜读书楼的汉学乐趣，还可聆听“遥想公瑾当年，小乔初嫁了，雄姿英发，羽扇纶巾”的爱情佳话。

“练三墩”由三个突兀并呈掎角之势的大土墩组成，中间为主墩，上可盖房屋百间，另两个为辅墩，稍小。每墩相距六七十米。这是舒城人周瑜修建的又一练兵和牧马的场地，与地处干汊河镇瑜城村的周瑜城遥相呼应，俨然一个“八卦阵”，十分壮阔恢宏，古称“牧马旧市”。彳亍其间，昔日那辽阔的冲积平原上战马如云、扬鬃奋蹄、营帐点点、篝火熊熊、金甲粼粼的场景仿佛又呈现眼前。

风情岛圆润地静立于万佛湖南岸水上航线中心区内，起伏的峰峦似一个卧睡的美人。

风情岛能招来多情的仙子吗？在浏览完农趣园、孝子园、农耕文化园、民俗馆等文化园后，我忍不住自圆其说：“能！”岛上的大别山系列民俗，有山歌、秧歌、庐剧、黄梅戏等，还有抛绣球和舞狮呢。优美的自然风光与浓郁的民族风情相融合，雅俗共赏，情趣盎然。

快艇离开风情岛驶向松渡码头，由赵朴初先生书写的“万佛湖”三个遒劲的大字镌刻在黑色花岗岩石碑之上，在中午的阳光下熠熠闪光。在湖边农家乐，主人端出用湖中白鱼、鳜鱼、团头鱼制作的蒸鱼分外鲜美，园中的黄瓜、花菜有机无公害，栗子烧仔鸡香辣爽口，万佛湖砂锅鱼头更是口感独到，鲜而不腥，肥而不腻，外加五谷杂粮压榨的“五粮液”，绝对称得上一顶一的美味佳肴。

沿大坝行，我们又来到早晨的出发地点。小吴指着坐落在东西大坝之间坝中山脚下的龙河口水库纪念馆说：“你所找寻的密匙全在这里。”我俩边走边谈，“密码”一一破解。万佛湖，原称龙河口水库，是淠史杭灌区的重要组成部分。因临湖的巨型观音岩石与湖中66个岛屿形成神奇的“诸佛拜观音”景象，又因湖水的源头来自风景秀丽且海拔高度为1539米的万佛山，山水相映，佛道相连，故得名“万佛湖”。

走出龙河口水库纪念馆，方知头顶的万佛湖大坝横卧于栲栳山、中流砥柱和龙河寨三山之间，是万佛湖的主体工程，也是万佛湖风景区最为壮观的景观。新中国诞生不久，备受旱涝灾害的舒城人民先后动员20万人次民工建设万佛湖。工程自1958年11月破土动工，1960年建成受益，大坝为人工土坝，中夯黏土，外砌石块护坡，未用一袋水泥、一根钢筋，总计完成土石方160万立方米。由龙河口变成万佛湖，见证了“修水利实现千年理想，锁蛟龙造福万代子孙”的奇迹。

和小吴告别时，他送我一本《放歌万佛湖》的诗集，读着扉页上的话，我实在想放声高歌呀。

三清山摭记

三上三清山，境遇两重天。

前两次都是在晴好天气下急切赶去的，上了山却遇瓢泼大雨，烟雨朦胧，双目屏蔽，什么也看不到，只能半途而废，无功而返。这次去三清山，却好运当头，奇迹闪现。车至玉山县城的时候，雨还是一个劲儿地下，可一到三清山脚下，雨就停了。恍惚间让我对眼前的这座山刮目相看，她似乎有点超凡脱俗，甚至孤高自傲，颇有“世人皆醉我独醒”的范儿，不然怎会“山外皆雨我独晴”呢？

观西海岸景区，别有一番天地。你要在海拔1600米的悬崖绝壁上走约3700米的栈道。导游不时提醒注意横亘在头顶的树杈，或从栈道底部钻上来的挡在栈道中间的树木。这是一条观景长廊，身临其境，除了有惊、险、奇、幻、幽、宏之感外，还会被眼前的云海、山海、石海、林海、花海所惊愕。自然景观如此旖旎，为何修筑这条栈道时，不把这些“拦路虎”铲掉呢？导游说，这些都是名贵树木，有的树龄达几百年哪！保护它们就是保护自然遗产。

行近中午来到“女神峰”。一团薄雾慢慢升腾，像霓裳飘飘，把女神峰装扮得煞是妩媚。导游介绍，该峰高86米，酷似一尊女性雕像，令人称绝的是，其头部和身体分别由两块巨型花岗岩组成。女神高鼻梁，樱桃嘴，圆下巴，宽额头，玉佩饰顶，秀发披肩，体态丰满，端庄而坐，风情万种。

导游称三清山是黄山的姊妹山。我脑海里马上叠印出黄山鳌鱼峰壁上的四个大字：大块文章！与三清山相比，黄山就是大块“文章”，三清山就是小家“碧玉”。三清山一目十景，集精华于一处，不容分说扑面而来，让人目不暇接，仿佛在开一个天下美景展销会。我对导游说，黄山是穿着旗袍的风韵少妇，三清山是穿着旗袍的纯情少女。

越走越累，我随口迸出两句不能算“诗”的话：脚已经瞌睡了，而眼睛却醒着。来到一处绝佳景观处，导游让我们一行9人站成一排合影留念。我望着身后的奇峰、怪石、美树、艳花，差点惊呼起来。导游拿着相机让我们随着她的“一、二、三”节拍再齐声喊“茄子”，同伴都异口同声地喊了，我却喊不出声来，心想，微笑是一种心情，不是表情，为笑容造型的拍照，再美，能美过身后的三清山吗？

回望黄山雪

一场纷纷扬扬的大雪，轻车熟路般将五百里黄山包裹在一片白茫茫之中。黄山一下子美得“不成样子”了。一时间“黄山瑞雪图”随着微信传向四面八方，吸引了无数人赶赴，一睹黄山冬雪的风采。

我们抵达时已是次日，此时黄山早已被雪全部覆盖。眼前是“渊冰厚三尺，素雪覆千里”的白雪世界。黄山的千峰万壑和漫山遍野的松树，皆披上洁白盛装。天都峰、莲花峰、光明顶更显得巍耸、峻伟。迎客松、送客松、团结松等也愈加挺拔、高洁。雪后放晴的黄山，处处银装素裹玉树琼枝。群峰壑谷在冬日的照射下，相映生辉，分外妖娆。这次的黄山雪，让游客意外领略到了云蒸霞蔚的瀑布流云景观。宏大壮观的瀑流云景撼人心魄。

黄山冬雪，神韵天成，被世人称为黄山“五绝”之一，是冬日黄山最具魅力的“亮点”。到黄山赏雪，最佳时间是雪后初晴。当一轮红日喷薄而出，天际处的朝霞映衬着山峦和松林，晶莹剔透的雪花晶体反射出亮灿灿的光芒，随后天空会慢慢转向一片苍茫的蔚蓝，在光线的作用下，黄山千峰万壑的雪景显得愈加生动。云雾从深壑中缓缓升起，不久就弥漫了整个山谷，在谷风的吹拂下，犹如一袭轻薄的白纱，随着山势谷形曼舞缭绕。置身其中，宛如梦境。苍翠的松树上挂满了雪凇，有的结成了冰凌般的雪花和冰晶。沟谷的绝岩上悬挂着许多似刀如剑的冰挂，在阳光照射下发出七彩的光，装点出一派冰雕玉砌、银装素裹的奇观。深藏在雪花中的嫩绿和红果，与洁白的雪交相辉映，透出一片顽强而蓬勃的生机，那里蕴藏着春的讯息，孕育出又一轮的美丽风景。

冬日的黄山有太多的美景让你称赞和陶醉，那浪漫晶莹的飞雪，那琉璃玉砌的冰景，那雄伟壮丽的日出，那气势磅礴的云海……都是黄山极品景致。倘若你来过黄山很多次，却没有欣赏过黄山的冬雪，那么你只窥得黄山的半面容颜；倘若你看过黄山的冬雪，却没有领略过一场雪后日出和磅礴云海，那么你或许会留有遗憾。冬季来黄山，一定得做足充分准备，只要你用心地踏山赏雪，必会乘兴而来，满意而归。

冬日又逢黄山雪，真好。

过年的味道

小时候，过年是一件暖暖的新衣；

长大后，过年是一阵浓浓的年味；

工作时，过年是一段长长的假期；

年老了，过年是一份甜甜的团圆。

马化腾的微信红包横空出世叱咤江湖后，我们迎来了一种新的过年方式——抢红包。一时间，“有微信红包，才叫过年”的宣传语风靡起来。

网络上对于微信红包一直有着两种截然相反的态度，因为微信红包的闪亮登场，瞬间摧毁了我们的价值观——为了块儿八毛，魂牵梦绕。

马化腾也无时无刻不在显示自己与马云的本质区别——我是技术出身，不玩虚的，要练就练“九阴真经”。比如腾讯视频下载的格式，是独创的 qlv 格式，通俗点讲，就是除了能看，啥软件都别想转格式重新制作。比如订阅号上传的视频链接，土豆、爱奇艺……什么网站地址都别想过来玩一把！再比如订阅号里的每篇文章，视频不允许超过三条！照片、动态图不允许超过2M！插入链接、写留言、原创等诸多功能，更不是想玩就能玩的！

微信红包更像是小马同学开发的一款网络游戏，现在全民玩红包又一次让他心花怒放。为了让我们逐步养成用微信支付的习惯，他决定从2016年3月1日起微信红包提现收取0.1%的手续费！理由是：这是各家银行收取的手续费，不是营收！

真的想说——我们读书少，不要骗我们。

微信取现后，钱是存入自己的银行卡的，能不能告诉我们，哪家银行什么时候向所在地人卡存款收取手续费？从2016年12月1日起，每家银行的跨市跨省漫游收费都已经全部取消，那么，微信提取手续费呢？

可不管怎么说，既然是游戏，就不必较真了，也不用提升到金钱观、道德观这样的高度来妄加评论，权当娱乐，也挺好的。游戏中，即使抢了一分钱，每个人都欢天喜地，因为我们更多抢的是心情和乐趣。我们还愿意在熟悉的亲戚圈、朋友圈乐此不疲玩抢红包，说明我们还年轻，心底还保留着一份天真和童趣。我们还说华为手机抢红包无机可敌，因为它是国产品牌，我们更希望在全世界出现一个顶尖的中国企业。

两年前，2014年马年春节时，人民网对微信红包是这样报道的——微信红包红火背后争议多，红包变成“炸金花”。

我们都知道，有一种混不下去的灭亡，叫作被封杀。腾讯公司连夜公开表示：不提倡用微信新年红包来赌博！同时，又很无辜地表示：但对此现象无法干预。

面对人民网对待过年微信红包态度的转变，也许我们每一个人，对待过年的方式和想法也在不断改变。对于现代人来说，过年更多的是对节目传统的一种纪念，是一种仪式感。

长大了的我们，记忆中的年味儿，有一个角落是留给烟花和爆竹的。没有烟花和爆竹，怎么能算过年呢？可是在城市里长大的孩子，已经很难体会尽情放烟花、肆意玩擦炮带来的欢乐了。

也许回到农村的过年，才是我们心底真正过年的味道。

三乐石屋坐落的嘉泽士桥村，民风淳朴，村民富足，很像现实版的世外桃源。土地平旷，屋舍俨然，阡陌交通，鸡犬相闻，大多数村民过着自给自足的生活。蔬菜都是每家每户自己种的，鱼虾是靠近村边的西太湖避风港渔船上买的，肉是唯一的肉摊师傅开着电动三轮车来村里卖的。满足基本生活需要，几乎不用出村。

大年初一，鞭炮声响，家家户户大门敞开，这里依旧保留着乡亲邻舍挨家挨户互相拜年的习惯。今年，我们也入乡随俗。

我们曾经以为，QQ 可以用一辈子，而现在，几乎已经弃之不用，大多转战微信，可微信又能再用多久？在“互联网 +”时代，一切新生事物都是那么容易速生，也易速朽。就像过年，曾经以为它是中国几千年文化的传承，是一种心境，一份感情，一片情怀，不会改变，可现在却发现，传统的过年文化也在不断加入新的元素。

过年的味道，是向善、期盼、和谐，更是一份单纯的美好。

想你，真的很玄妙

思念
真的很玄妙
无声无息，又无处不在
就像茉莉花
开在白天，开在黑夜
每一瞬间都散发淡淡暗香
当我说“想你”的时候，在想你
当我保持沉默的时候，在想你
当我醒来的第一念头，在想你
当我睡去的前一秒钟，在想你
当我一个人过马路时，在想你
想你，在不经意的每一瞬间……

雨天，更容易惹人思绪

春雨绵绵，犹如我心
捧一杯茶，站在窗前
你，又回到了我心里
想你想你想你想你……
我的窗外在下雨
你那里呢
是否，你一样会想念
是否，你也会不经意地想起
只是没有告诉我

很多人说
想念一个人
是一件折磨内心的事
即便如此，我也乐此不疲
正如爱情，本是饮鸩止渴
希望窗外的雨，连绵不绝
让我对你的念，充盈内心

未名湖（外一首）

在江河湖海的排序上
你是榜上无名的
但所有的湖
没有你那么令我神往
当我寄情北大校园的时候
我来到你的身旁
借宿于你的湖畔
N 个不眠之夜
你是我最温柔的情人
如镜的水面映着我
岸边的垂柳
收录了我对你的缱绻

博雅塔

我在家乡想象你的时候
那只是在梦中
当我在黎明时分
走近你的时候
你那棱角叠嶂的胸怀
向蔚蓝的天空敞开
我忍不住吐露
心底的话——
一位叫博雅的传教士
捐款建你的时候
你只是一座高37米的水塔

人到中年

走过春天
走过夏天
不知不觉人到中年
青春的花朵不复盛开
爱情的故事也不再浪漫
再也不会为成功欢呼狂喊
也不再为失意而消沉遗憾
潇洒吻别昨天的岁月
用汗水浇灌秋天的斑斓

人生的日历写满成熟的文字
家庭和事业压在宽厚的双肩
啊，人到中年
人生最艰辛的里程
生命中最辉煌的峰巅

永恒的瞬间

——献给“最美司机”吴斌

这些天
我常常被感动得泪流满面
被一种平凡而伟大的精神震撼
在心灵深处发出
无数次难以言表的惊叹
吴斌，杭州城一名普通的客运司机
为了24名乘客的安全，把自己的生死置之度外
在76秒的瞬间，留下了一条笔直的刹车线
这是一条跑过无数趟的客运高速路线
这一次却充满惊心动魄的考验
这是一场没有先兆的遭遇
这一次却来得迅猛又突然
来不及给妻子说几句叮咛
来不及给父母道一声平安

来不及给姐姐打声招呼
来不及深情地看上女儿一眼
却给素不相识的乘客，和这个世界留下最后一句话
不要乱！一个一个下！路边安全！

短短76秒，只是嘀嗒、嘀嗒的瞬间
当一块来历不明的金属片砸碎风挡玻璃直刺你的胸间
你强忍撕心裂肺的疼痛，大脑高度集中，神经不迷不乱
减速，换挡，刹车，摁应急灯，打开车门
把高速前行的客车稳稳停在路边
一切显得那样沉稳，那样优美，那样熟练
这瞬间的76秒充满多少危险
这76秒的瞬间需要十万分的勇敢
这瞬间的永恒为乘客安全赢得了时间
这永恒的瞬间化作了壮美的诗篇
24名乘客的生命呀
被你在76秒的瞬间保全

这76秒的瞬间是生与死的肉搏
是剧痛与顽强的交战
你比谁都清楚地知道

如果此刻不抓紧时间
就会发生车毁人亡的危险
但你更清楚你的生命，此时如奔涌的甘泉
为了给24名乘客带来生的希望
必须不惜把自己熬干

吴斌
你的壮举
承载着人世间道德精神的喻世箴言
我们的生活中并不缺少美和勇敢
英雄不曾高蹈 而是缺少发现
吴斌
76秒的瞬间已化作永恒
成为现实社会平凡却又坚固的道德支点
“平民英雄”“最美司机”“道德模范”
吴斌
你永远活在人们心间

等候

等候抱团养老的那一天
让我们为如期团聚唱一首欢快的歌
人生总是匆匆的行旅
我们都是上上下下的过客
所有的憧憬和梦想
都随时光慢慢流过
而往后的岁月
更有多少艰难曲折
可我们不能不充满自信快乐地生活
面对过往的失去和获得

岁月啊，总是一条河
无论我们如何挽留
它都不屑一顾一往无前

默默地流淌啊
向着那心仪已久的浩瀚海洋
向着那不约而至的深沉暮色
这是人心难违的自然法则
只有顺其自然快乐地扛着
既然时光难倒流人生难回转
何不让我们心悦诚服地等待
为抱团养老的那天唱一首欢快的歌

尾声

最深的怀念

我和我的识途老马

韩丽平

我和老马从小学到高中一直是同学，并且双方父母很早就相识。1965年利辛县建县时，为了支援新县建设我们双方父母同时从颍上县调入刚刚成立的利辛县工作。所以我们俩从小玩到大，是真正意义上的青梅竹马。上学期间我们就互生好感，长大后各自走上工作岗位。老马和我都不是浪漫的人，所以没有鲜花，没有婚纱，没有戒指，甚至没有举行婚礼，只是在一场简单的旅行后，我们就走进了婚姻的殿堂。

婚后的生活虽不像童话般美好，但我们也生活得平静而甜蜜。两个漂亮聪慧的女儿，是我们最大的收获和骄傲。1985年初我们的大女儿还没满月，一纸调令老马就去了阜阳地区农业银行。女儿早产，体弱多病。那个时候别提有多难了，我们每天的生活就像打仗一样，每天家、单位、医院来回跑。后来，我也从利辛调到了阜阳县农行。此后不久，老马被总行的《中国城乡金融报》借调近一年，由于工作优秀，当时的总编想让他在那里继续干下去，并许诺了优厚待遇。可他想到家乡的父母，想到一个人带孩子的我，对挽留他的总编说：“父母在不远游，家里更需要我。”就这样毅然决然地回来了。再后来我们有了小女儿。小女儿上一年级的时候，老马调到了淮北市农业发展银行。这个时候大女儿去淮南上大学了，我们一家四口又开始了分居三地的生活。邻居们都笑称我们的生活是“两岸三地”（淮河两岸）。

2007年，老马调到农发行安徽省分行。这个时候也是我身体最糟糕的时候。2005年时我因为髂骨血管瘤做了一次手术，右腿胯骨处骨头取掉两块，手术后效果不好，腿一直在疼，要靠吃止痛药维持。为了给我减轻负担，老马把小女儿接到合肥读初中。那些年我们聚少离多。2010年我的病情有所加重，2011年初在南京军区总医院进行了放射性治疗，由于放疗后骨头脆，在一次不小心摔倒后，导致腿骨骨裂，好长时间都要靠轮椅和双拐才能行走。这个时候他不放心我一个人在阜阳上班，想着没有几年我也就到退休年龄了，让我请了长期病假，来到合肥，他下班之余好照顾我，虽然当时日子过得艰难，总算一家人真正团聚了。我现在退休了，再过几年老马也到了退休年龄，我们就可以享福了。谁知天飞横祸，他就这么突然间走了。家里的天瞬间塌了，我不知所措。在此之前甚至连这个要老马命的病的名字我都没听说过——主动脉夹层。来势汹汹的病魔夺走了老马的性命，也夺走了属于我的幸福生活……

老马无论是在阜阳，还是在淮北以至于最后在农发行安徽省分行工作期间，对待工作都是兢兢业业、勤勤恳恳。凡是他工作过的地方，接触过的领导、同事对他都称赞有加。老马做了一辈子的文字工作，他的文章多次在中央、省、地方各级报刊发表，电台、电视台播报。

老马是个孝子。20世纪80年代他带我和我母亲去上海的大医院看病，在医院挂号、排队、取药，忙前忙后都是他。1996年孩子奶奶高血压第二次犯病进了医院，当时小女儿还不到三个月，他一个人回到老家，和衣在病床前伺候了几天几夜。老奶奶去世后，孩子的爷爷跟弟弟一家生活在老家，老马每个月都要开车回去探望，每次除了带些父亲喜欢吃的零食，临走时还要偷偷给老人家塞些零花钱，尽管他从来不要。

我一直身体不好，自打结婚以后大大小小进了四次手术室。每次从手术室出来睁开眼第一个看到的一定是老马。每次看他牵着我的手在病床边怜惜地望着我，安慰着我，自己就感觉不到任何病痛了，我想我这辈子嫁对人了，我们一定要好好地过日子！就这样，在他的关心照顾下我做了三十多年的幸福女人。

我们的两个女儿，老马疼爱有加，呵护备至。每样东西都要给女儿最好的，倾尽所能满足女儿的各种需求。他说女儿就是要富养，这样她长大了才能禁得住诱惑，不会为一点小利所动心。经过这些年的努力，我们在合肥买了房，买了车。大女儿有了满意的工作，结婚成家，女婿是个很不错的孩子，我们也有了一个聪明可爱的小外孙。小女儿也即将大学毕业了，工作基本落实并且用人单位已同意签约。眼看着日子越过越好，可是……

老马是个好员工，是个好儿子，是个好女婿，是个好丈夫，更是个好父亲，一辈子对得起任何人，唯独对不起他自己。2018年6月的一天晚上，我们一起出去散步时他突然感到胸闷，我当时劝他去医院看看，他说没事休息一会儿就好了，明天再去吧。第二天晚上下班回来我问他去医院了吗？他说没去，最近有点忙，等忙完了这段时间再说。后来他妹妹给他联系好了医院、医生，在大家的一再坚持下他才去了医院。医生看了他的CT片后，让他住院做进一步检查，他说太忙了没时间，年底或者过了年再说吧，一推再推……

2018年的12月11日，由于头天下了雨夹雪，天气寒冷，地面湿滑。早上老马临上班之前叮嘱我："今天就不要去老年大学了，地滑别摔倒了。"我听从了他的安排，他上班走后，我就又睡了一会儿。九点多接到女儿的电话，才知道老马出事了。老马在每个星期的例会上突发疾病昏迷不醒，同事们让他平躺在地上，给他掐人中，服用速效救心丸并且立即联系了120，把他送进了最近的安徽医科大学第一附属医院。我赶到医院的时候，经过医生急救，老马已经醒了过来。医生告诉我还需做进一步检查，在此期间我和女儿签了一张又一张病危通知书。经过近十三个小时的手术，老马被推进了 ICU。二十四个小时过去了，老马没醒，医生允许我和女儿进去，想通过亲人间的呼唤来唤醒他。第一眼看到满身插着各种管子的这个人，无论如何跟我认识的老马也联系不到一块。这是那个与我生活三十多年，跟我同甘共苦的人吗？

我和女儿在老马的耳边轻声诉说，我告诉他：一定要快点好起来，我们结婚三十多年了，你不能抛下我自己走了。听着我和女儿的诉说，老马虽然没有睁开眼睛，但是我明显感到他把眼珠转向了我这边。他听到了，他在努力地想睁开眼睛看看我们。

后来，医生告诉我们送一些简单的生活用品到 ICU 病房。我们都以为老马的病有好转了，大家都劝我回去休息，第二天早上再过来。我已经两天没合眼了，想着这病是个持久战，就回家了。谁知道这一别竟成了永诀。如今，那个疼我宠我的人已走了十二个月了，我和家人每天都在思念着他。我的识途老马，回来吧！我和女儿张开双臂，用爱呼唤你归来！

原打算执子之手

共白头

风雨同舟看夕阳

谁料想天飞横祸

爱别离

椎心泣血肝肠断……

（作者系马标之妻）

爸，我想您了

马楠楠

您离开的第304天……

我无数次地问自己，这是真的吗？

我无数次地在梦里哭了，因为我梦到您了……

我无数次地在梦里笑了，因为我梦到您回来了……

跟您相识三十四载，被您捧在手心里宠爱了三十四个春秋冬夏，我所有的快乐都在去年的冬月初八停止了。那个让人痛彻心扉的日子，那个让我们家所有的幸福戛然而止的日子，那个让我一辈子都忘不了的日子……那天，您走了，去了很远很远的地方……

我想回到小时候，您骑着自行车带着我。还记得您教我的第一首歌吗？是《外婆的澎湖湾》。您一遍遍地教着，我一遍遍地学着“直到夜色吞没我俩在回家的路上……”，唱完歌我俩也就到家了，进门就看到妈妈做好饭菜等着我俩。

我想回到高中的时候，那时候天天要上晚自习，您每天晚上九点四十五分都会准时在学校大门口等我，会给我准备好夜宵，还会陪我写完作业才去睡觉。可我知道您有高血压，怕您休息不好，就让您不要去接我，我可以自己和小伙伴一起骑车回家的，您居然还生气了，说一个女孩子晚上骑车太危险。就这样，您一直接送我到高三毕业。您和小叔还是AB角，如果您出差，小叔就替您接送我回家，每次看着我进家门，小叔还得跟您打个电话报备一下，您才放心。

我想回到上大学的时候，每天晚上我俩都会发几条短信，搞得室友都以为我在跟男朋友发短信。每当这时候，我都会骄傲地跟她们说，我以后找男朋友就找我爸这样的。如果哪天我给我妈发短信，没给您发，听说您还会吃醋地问："怎么没给我发短信？"

我想回到您在的时候，不管我是不是成了家，有了孩子，但凡和您一起逛街的时候，遇到漂亮的衣服鞋子，多瞅几眼，您立马就会说："喜欢吗？喜欢爸爸给你买。"女儿不管多大，依然是您捧在手心里的小公主，而您就是她背后最坚实的靠山。

我想回到2018年的夏天，我一定拼了命地监督您去复诊，就是绑也要把您绑去，让您去住院，做详细检查。都怪我，我没有做到一个女儿应尽的责任，我都没有机会在病床前伺候您，就把您给弄丢了……

您说过女儿有女儿的好处，女儿贴心，我的鞋子是女儿买的，走路可舒服了…

您也说过女儿也有女儿的不好，长大以后不能再像小时候那样时常把她搂在怀里，拉着她的手散步了……

若有来世，我一定还做您的孩子，把今生的缘分延续，把今生的遗憾补全，把今生的恩情加倍报答！

我一直告诉自己，要心存希望，因为一定会有久别重逢的那一天。爸爸，我有好多好多话想要跟您说，从现在起，我会把人生路上的点滴趣事认真记录下来，待到我们再次相见的那一刻，我一一说给您听，可好？

（作者系马标之女）

皖香袅袅寄哀思

王丽芳

北风呼啸，大地苍茫，空气干裂，雪欲下而未飘。冬日寒冷，往往思念夏天的热烈。到办公室的第一件事，就是用喜鹊梅花白瓷杯冲一杯“皖香”绿茶。安徽真是一片神奇的地方，既出徽商也出文人，一片茶叶也取得出这样一个文绉绉的大号。正感谢馈我这“皖香”茶叶的文友，想要品第一口清香时，李总风风火火出现在我面前，说：“丽芳，你知道吗，马标马主任去世了！”会有这样的事情？我端着杯子愣在那里，半天才回过神儿来。昨天我还给马主任发微信问安徽农发行报纸的征订情况呢！打开我同马主任的聊天记录，的确没有他的回复，这是以前从来没有过的情况！看来，事情是真实的！

三四年前吧，李总开始经常给我推荐农发行作者的稿子，其中最让我头疼的就是那位叫马骉的作者的文章。因为一排他的文章，飞腾排版软件里方正新报宋及方正黑体简体等字体均显示不出“骉”字，必须转换成宋体、黑体或重新造字，稍不注意就会开一个字的小“天窗”。一天，又编马骉的文章，刚好李总在，我就笑着对她说：“李总，这个‘骉’字太难打不说，还像个小地雷，一不小心就得出硬差错。”她哈哈大笑，说人家这是四匹马，跑得快着呢，要不安徽行的宣传工作咋总是一马当先呀。

名字是一个人的记号，或许父母在起名时都已经寄托着某种深深的希望。我想这个“骉”字就是这位作者的父母希望他能够像马儿一样勇敢、执着、向上吧。由此，我记住了这个作者。

马骉的文章编起来也和他的名字一样复杂，他的文风十分华丽，可能是急于表达一种所见之感吧，他会将一些意思相近的词句反复使用，这样阅读体验就不那么轻松了。但字里行间，我却也能看到他所想描述的景致、所想表达的情感是那么丰满、丰富。于是，我耐下性子，“剪剪贴贴”“缝缝补补”，让一篇篇支撑版面的美文变成了墨香四溢的铅字。

这些文章发出后，马骉让他们单位发稿给我的小姑娘无数次地表示感谢，我也很是欣慰。突然有一天，我发现邮箱中他的文章名字落款变成了“马标”，就连忙 QQ 问小姑娘：是不是字错了，小姑娘回复说：马主任的名字太难打了，以后就改成“标”了？看来，受“骉”困扰的还不止我一人啊。

李总的消息是从农发行总行朋友圈得到的。同事们围上来，纷纷嗟叹着世事的无常，猜测着事情的缘由。我默然坐下，呆呆地望着杯中飘动的“皖香”，我还是不能相信不久前还跟我交流的活生生的生命就这么在岁末戛然而止。我刚刚编发过他的《草原夜色美》，他刚从辽阔的大草原回来，怎么就真的走向了天堂！一整天，农发行作家群里、我的朋友圈中，充斥着这一让人震惊的悲伤的消息。我想到了这一年含泪告别的一位位与我思想、青春，甚至命运相连的人。臧天朔，那个在我青春时代高唱《朋友》的歌星；单田芳，那个我曾经每天中午十二点半准时守候的声音；金庸，那个影响了我思想甚至命运的大师巨匠；李咏，那个我虽没什么印象，但是我所崇拜的真正媒体人时代的代表人物之一……想着想着，我禁不住泪流满面，这是一个时代的休止符，时光走了就永远不会再回来了。

那天，我特意编了一篇题为《数九话冷》的稿子，我仿佛看到了那冷飕飕的天际深处，一位衣袂飘飘的男士正向我招手，他说："王老师，写了鼓浪屿的浪漫，写了武夷山的印象，写了海拉尔草原的夜色，我想我该写我今天所到的渺渺云海了。我要走到哪里写到哪里，然后出一本散文随笔集，还得请你多帮助呀！"我的心情随着这话语忧伤起来。怎么会想起这些话呢，那位叫马标的作者已经去了。怎能不想起这些话！这些话不久前，那位叫马标的作者刚刚同我讲过，他说请我帮助他，他要走到哪里写到哪里，然后出一本集子，他喜欢所有美好的事物，他喜欢写作。

或许是他的痴迷感动了上苍，或许是冥冥中自有的安排。就在马标先生去世的第二天，著名作家二月河也去到了那个没有痛苦只有快乐的地方。那天是周末，在回洛阳的路上，我看着连霍高速旁飞驰而过的冬日的树林，看着树木上星星点点的鸟巢，想着我要是一只鸟该有多好，生命那么简单，追求那么简单，可以没有思想。天空灰蒙蒙的，是霾不是雾。我的心莫名地烦躁起来，看到朋友圈中刷屏的信息，一个念头飞奔而出——做一期怀念为主题的微信文章，释放对生命无常的感怀。

组稿比较顺利，一位朋友疾书而就的《二月河的五个一》及时发给了我，自然是头题。接着就是马标先生的《草原夜色美》。我特别配了一张天堂般美丽、宁静、安详的草原之夜的图片。在提要中，我分别写道："著名作家二月河今日凌晨病逝，享年73岁，回想往事，以为纪念。""一位勤奋的文学爱好者，突然走了，享年57岁，分享逝者生前的最后一篇文章，聊以追思。"我想，在那个极乐的国度里，马标先生和二月河老师一定会成为好朋友的，他的文学梦写作梦一定会圆的。

一周过去了，两周过去了，时光呼啸着进入年底，所有的哀伤和追思都被年终的繁忙所淹没。可是，忙碌的间隙还会时不时地收到怀念的消息。就在一年一度的元旦特刊组稿编排之时，我收到了农发行作者刘学升怀念马标先生的文章，我的心再次被伤感充斥。刘学升深情讲述着他和马标先生之间的点点滴滴，说他是一个"幽默风趣的小老头"，说他是个工作狂，说他退休了就读书、写作、陪妻的计划……虽是平平常常絮絮叨叨的讲述，但却是最最真实的表达。刘学升告诉我，马标的女儿正在收集父亲的文章，准备出一本文集纪念父亲。我马上决定帮助她，把我编发过的文章整理发给她，我想马标先生天堂有知，一定会高兴的。

元旦特刊已经做完，这篇文章虽然是见缝插针地写着，但也必须在本年度完成。所以，从不在家中写稿的我打开了电脑，还专门沏上了一杯“皖香”。记得马标先生说过，人要懂得感恩，知恩就要图报，每个人对自己的好都要记在心里，落实在行动上。他是这么说的，也是这么做的。我觉得我也应该这样，对马标如此，对所有朋友，我均会如此。

皖香袅袅，哀思绵绵。安息吧，识途的老马。

怀念马标先生

刘学升

作为下属，作为学生，作为兄弟，我想，对马标先生最好的怀念是整理他的文章。

2018年12月14日清晨，中国农业发展银行安徽省分行办公室主任马标先生因病在合肥逝世，终年57岁。消息传来，身在北京的我，由于惊骇、伤感和难以置信，心口阵阵发颤。在回合肥悼唁的高铁上，马标先生的音容笑貌不断地浮现在我的眼前……马标先生的大名，早在20多年前我就知道了。当时，马标先生是农行《中国城乡金融报》的记者，我经常在报刊上读到他写的宣传报道和文学作品。1996年，农发行成立市县机构，我们分别从农行调入农发行工作，马标先生在阜阳，我在五河。其间，我曾到省行出差时见过马标先生，但由于时间关系，没来得及与他交谈。

2010年，我到省行工会团委工作处跟班学习。一天，在省行办公室门前见到时任办公室副主任的马标先生，我向他笑笑，他拉住我，问我叫什么名字。我报了姓名，马标先生笑着说：“我虽不认识你，但感觉你就是刘学升。”从那时起我们开始接触。工作之余，我经常向马标先生请教写作方面的知识，他毫无保留地把自己的写作感受与我分享，使我受益匪浅。

2014年，省行调我到办公室跟班学习，其时马标先生任办公室主任。这样，我与他的距离更近了，也了解了他的风趣性格。

我平时喜欢看报纸，但在省行办公室，当天的报纸都是马标先生先看，作为主任，他必须及时了解和掌握有关信息。次日，马标先生会将他看过的报纸交给我看，但他给我的报纸往往不全，因为报纸里的好文章几乎都被他搞剪贴了。我曾拿着“伤痕累累”的报纸向他表示“抗议”，结果“抗议有效”——马标先生会把他的剪贴本送给我学习。当然，剪贴本是他的“宝贝”，我看后就得还给他。

还有一次，农发行总行副行长陈剑英同志赴安徽调研，专门看望了分行机关工作人员。当陈行长来到我的办公室，马标先生向陈行长介绍我“他是我们省行唯一的‘留学生’”，然后迅速闪到别人身后。陈行长信以为真，问我是在哪个国家留的学。我一时不知如何作答。幸亏省行行长王富君同志为我“解围”：“他叫刘学升，文刀刘，学习的学，上升的升。”陈行长这才明白，指着躲在众人后面偷笑的马标先生对我说：“我被他误导了……”事后，我问马标先生为何开那么大的玩笑？他“嘿嘿”一乐：“我故意考验你在总行领导面前的反应是什么样的。”马标先生对我类似的“考验”并非一次。

2015年，全省农发行分支行办公室主任培训班在四川大学举办。开班后，马标先生指定我为培训班班长，说让我历练一下组织和领导能力。我没有让他失望，尽力做好了培训班协调和服务工作。

前年，我交流到总行工作后，与马标先生主要利用微信进行联系。马标先生来京出差，只要没有特殊情况，一般都会告知我，我有时间就去看望他。马标先生经常对我说，待他退休后，就在家看书、写作、陪夫人。我观察过，他每每讲起这些，脸上就溢满了幸福。马标先生平时所积累的剪贴本，我觉得就是为他退休以后搞创作做准备的。去年马标先生来京，我问他是不是这样，他笑着点头认可。在工作上，马标先生认真负责，他曾对我说，办公室主任要做到“十不”，即到位不越位、辛苦不诉苦、有功不争功、补台不拆台、弥乱不添乱、诤言不失言、创新不标新、有位不乱为、联动不盲动、用人不疑人。讲到“弥乱不添乱”时，他还特意说：“我乱得太多，正在改正自己的缺点。”看似开玩笑，实则启发我。谈到为人子女对待父母，马标先生对我说“尽孝要趁早”，并谈到他父亲去世后，对他打击很大，也很伤感，“现在想尽孝都不行了”。

令人悲恸的是，马标先生欲在退休后“读书、写作、陪夫人”的想法不可能实现了。

2018年12月11日，马标先生在省行开会发言时，突发疾病，被送到医院抢救，手术从早上七点一直做到晚上九点，终因医治无效，于14日清晨离开了人世。由于病发突然，马标先生没有留下一句遗言。

我在京结识了一些金融文学杂志的朋友。身为中国金融作家协会会员、安徽金融作家协会理事的马标先生或自己投稿，或委托我为他投稿。每当马标先生的文章发表，我都会托人带一两本杂志给他。近两年，马标先生陆续在《金融文坛》等报刊发表了散文作品《梨花又开放》《万佛湖行吟》《牯牛降凝眸》《漫步鼓浪屿》《武夷山印象》等。遗憾的是，《漫步鼓浪屿》及《武夷山印象》，他永远看不到了。就在我写这篇怀念文章的时候，金融文坛编辑部主任栾晓阳发来信息，告知马标先生的散文获该刊2018年度文学作品散文类三等奖。我想马标先生泉下有知，会高兴的。

在马标先生离开我们的日子里，朋友圈转发最多的文章，当数他的散文作品《草原夜色美》，“踟躇在回住地的路上，我放声高歌：‘草原夜色美，九天明月总相随，晚风轻拂绿色的梦啊，牛羊如云落边陲……’走着唱着，越是夜深人静，越感觉自己的歌声是那么绵长高亢，那么富有磁性；觉得自己不是游客，而是一个朝圣者；觉得草原的夜色带给我的不是一片风景，而是一个家园，一个心灵憩息的家园”。这篇文笔优美的散文，也是马标先生发在他的朋友圈中的最后一篇文章。

马标先生逝世后，农发行总行相关部（室、院）、省市县分支行的领导及农发行宣传条线的同事，各级媒体及作家协会的朋友，以各种方式向马标先生的亲属表达了慰问。

我想，对马标先生最好的怀念是整理他的文章，回京后我便着手准备。马标先生的女儿楠楠得知后十分感激，并表达了想为父亲出版一本散文集的想法。

我作为下属，作为学生，作为兄弟，今后再也聆听不到领导马标先生的殷殷教诲了，再也不能与良师马标先生当面叙谈了，再也拜读不到兄长马标先生新的作品了。但是，马标先生的音容笑貌，依然在我的心中栩栩如生。这个儒雅、敬业、顾家、睿智、风趣的“潇洒小老头”，依然在他家人的心里真实存在。正如省行党委委员、副行长、工会工委主任余立松同志在悼词中所说，马标同志永远活在我们的心中……

（作者系马标爱徒，现供职于农发行总行）

严冬送友人

王振华

冬至快到了，前几天杭州迎来了入冬以来的第一场大雪。已经进入一年中最为寒冷的季节，许多生物开始冬眠了。此时此刻的我，思绪万千，脑海中时常浮现出美丽的冰城哈尔滨、神秘的边陲城区海拉尔、圣洁的雪乡牡丹江……在那里可以深切感受什么叫作冰火两重天。严冬季节也是可以让人坐下来静静思考的时节。近两天，情绪有些乱，总有一种冲动，应该为他——我的马标兄弟写点什么，哪怕是只言片语。

十一年前的青岛海滨，也是寒冬腊月，我和我的室友马标及几位同学围坐在一起，喝着冰镇青岛啤酒，天南地北、畅所欲言，憧憬着人生美好的未来。记得有一次，已经很晚了，一位吉林的同学喝高了，很是兴奋，自己提着一瓶白酒来到我们寝室，想要跟我们俩一较高低。那时的我们年富力强、充满朝气，每个人都有一股不服输的精神，不会惧怕任何的艰难险阻。

我的室友马标戴了副高度近视眼镜，言词不多，很喜欢笑。

每天晚饭后我们都会从现在的奥帆中心出发，沿着青岛海滨，一路向东，走出去很远很远，谈天说地，谈古论今。我们很谈得来，都属于那种静得下来的人。

他有两个女儿，在那个计划生育政策十分严厉的年代能生育两个孩子着实是让人羡慕的。这也是他引以为自豪的一件事，每每说到此事，他的脸上总是洋溢着幸福的笑容。他不太会使用电脑，经常会让我来为他打印一些文稿，我总是喜欢发挥信息技术人员的特长，向他推销一些如何使用现代科技手段处理公务的知识，但他明显不是太感兴趣，有事喜欢让女儿帮他进行技术处理，所以我也跟他的女儿认识了，成了他们父女之间技术交流的“桥”。

他的身体状况不算太好，好像跟我说过，他的心脏有些小毛病。睡觉爱打呼噜，有时打得惊天响，特别是喝了点酒之后，而我又是个睡觉特别轻的人，稍有动静便无法入眠。为此曾向他提出过“抗议”，他很内疚和无奈，后来他总是躺在床上看书，等我睡着了再睡。

三个月的党校学习生活很快就过去了，我们又都回到了各自的工作岗位。那时候他在淮北工作，几年以后，终于被调往省城合肥，结束了在外漂着的生活。党校毕业后我们见过几次面，通常都是因为开会。有一次到合肥开会，几位安徽籍的同学齐刷刷地聚在一起，开怀畅饮，一直聊到深夜。那一次他没喝酒，他告诉我身体有恙不能喝。记得我们最后一次见面是在三年前的北京天泰宾馆。他去北京汇报工作，我恰好在北京开会，吃早饭的时候不期而遇。一阵寒暄之后，他回了合肥，我回了杭州。无论如何都想不到的是，那次邂逅竟然成了我们之间的永别，这让我久久无法接受，毕竟他才只有57岁。

昨日朝夕相处，今天阴阳两隔。他悄然离去，给亲朋好友们留下了无限的哀思和痛楚，久久无法平复。我也不止一次地在心里暗暗责备他："兄弟呀，你也太不够意思了，为什么要如此匆忙，一声不吭就走了呢？"

"逝者长已矣，生者如斯夫。"此时此刻，只想对他说一句话："去往天国的路充满了荆棘，愿你一路走好，马标兄弟。"

（作者系马标好友，农发行浙江省分行监察处原处长）

你在那边还写作吗

凌子

芸芸众生，有一种奇怪的现象。有些人经常见面却形同陌路，有些人虽从未谋面却彼此印象深刻，我和马标兄属于后一种。尽管我与马标兄从未谋面，但他的名字却一直如雷贯耳，个中缘由有三：其一，马标兄是农发行省级分行办公室主任中的佼佼者，我也在省级分行办公室工作多年，算是同行；其二，马标兄勤写能写，留下文字若干，我也常爬格子，业余时间写诗，算是同趣；其三，马标兄是安徽人，我祖籍安徽安庆，算是同乡。有此三同，算作神交。

世事无常。2018年冬，马标兄突然倒在了他深爱的工作岗位上，令人扼腕叹息，叹生命何其短暂，叹生命何其脆弱。悲痛之余静思，人的生命应该有三个维度，第一个维度是生命的长度，也就是你在世的时间；第二个维度是生命的宽度，也就是你生命承载的东西；第三个维度是生命的深度，也就是你生命能够留下的痕迹。对照这三个维度，马标兄虽只在人世停留了57个春秋，短暂如虹，但他的生命的宽度和深度并没有止于57个春秋，凡是与他共过事的同事时常会念起他；凡是与他有共同爱好的朋友也时常能从他留下的文字中触摸到他的气息和温度，还有他的侠骨柔情。《金融时报》《农村金融时报》《安徽日报》《农业发展与金融》等报刊有他留下的许多新闻通讯与调研报告。更难能可贵的是，他工作之余还写作了大量的散文与诗歌，其中《草原夜色美》《过年的味道》《未名湖》等，至今读起来仍令人过目难忘，心生墨香。

马标兄从事办公室工作时间很久，经常加班加点伏案写作，写全行的工作计划、工作总结，写行领导的讲话、报告，这些文字如果累加在一起测量，一定超过了他的身高好几倍。有两件事我印象特别深刻，一件是农发行总行办公室、研究室每每起草大型材料，会特邀系统内省市分行的“笔杆子”参与，马标兄是被邀者中的常客。另一件事是农业发展与金融杂志社一年一度的评刊，马标兄是其中为数不多的相对固定的评委之一。人过留名，雁过留声。正是因为不知疲倦地写作，马标兄留下的大量文章在不断地延伸和拓展他生命的宽度与深度，就像是铁路的双轨载着他的身影和灵魂通向了远方。

生死轮回。马标兄走了，走得急促。尽管与马标兄已阴阳两隔，但我还是想发条微信问马标兄：“你在那边还写作吗？”我深信你在那边仍在不停地伏案写作，这是你刻进了骨头里的兴趣与气质，也是你尚未完成的使命。寒冬已至，马标兄，你在那边奋笔疾书的时候，别忘了添加一件御寒的冬衣。

（作者原名王秋凌，系马标好友，供职于农发行江西省分行）

神交

甘绍群

生命中有一种陪伴，不在身边，而在心间。

农发行安徽省分行马标2018年12月14日不幸逝世，生命的休止符画在57岁。转眼快一年了。

茫茫人海中，每天要接触各色人等。有的熟悉、了解却形同陌路；有的虽仅一面之交，却结为知己，惺惺惜惺惺；有的虽未曾谋面，却敬重有加……

说起马标，我们同在各自的省分行办公室工作多年，又有业余写点小文章的爱好，便保持着经常的电话联系和微信互动，却一直没有见过面。实际上，前些年我曾经多次出差去过安徽合肥，可都与他擦肩而过，着实遗憾。

这些天，我在思考与马标之间的关系用什么关键词来概括，思前想后，觉得“神交”二字最为贴切。

《辞海》对“神交”的解释是：指心意投合、相知有素的朋友……后多指彼此慕名而尚未见面的交往。我们都是俗人，用不着往高雅上靠，言是“精神交契”还说得过去。

记得我和马标联系比较多的是2008年9月开展科学发展观教育实践活动的前后，以及总行在2011年初推出湖北省黄梅县支行优秀共产党员严斌典型，并在全系统开展学习活动期间。那时行领导让我协助有关部门抓这些工作，我便经常与几个比较熟悉的省分行办公室同人交流彼此的做法、动态，马标就是其中的一位。当然，我更多是从马标在报刊上发表的文学作品中认识这位热爱生活、关爱生命、挚爱事业的朋友的。

后来流行微信，我们自然成为微友。经常在圈子里见面，沟通就更方便、快捷。马标的微信名为“老马识途”，2017年11月，马标加入中国金融作家协会，我将其邀请进中国金融作协会员微信群，留言介绍是：“马标，农发行安徽省分行办公室主任，文学作品有温度、有热度、有深度，我仰慕久矣。”马标很快在群里回复：“承蒙吹捧，一个练笔者、一个追梦人，老马也要识途。”可见他是性情中人。

2018年12月15日早晨，安徽省分行一位朋友在微信里发布马标不幸辞世的消息，我深感震惊，后经总行企业文化部两位朋友证实，大家纷纷表示惋惜与沉痛哀悼。近一段时间，因工作任务需要查阅资料，我在总行创刊近25年的《农业发展与金融》杂志上看到马标撰写发表的大量调研报告、工作研究文章，以及散文、随笔，联想到以前在一些报刊上阅读过的马标的作品，心里不由感叹：马标称得上农发行的高产作家。细细品读其文学作品，用“情透纸背”形容不为过。“情”是其作品的底色和基调，其中有怀念故土的桑梓之情，有寄情山水的浪漫之情，有牵挂亲友的茱萸之情，等等，不一而足。作者对情感的表达多采用白描手法，不哗众取宠，不矫揉造作，不无病呻吟，一切都显得那么朴实、自然，使读者一眼就能看到作者胸腔内那颗怦怦跳动的心。

马标工作余暇，不忘在山水的游历中享受大自然的馈赠，感悟人生真谛。于是乎，一篇篇美文便在这享受和感悟中从灵山秀水间流淌出来。有的如山般跌宕起伏，有的似水样温柔舒缓。他在用足迹丈量名山大川的同时，也在用文字与大川神交，用情与名山对话。

常言道，言为心声，文为行表。生活中的马标重情重义，结下了好人缘、好文缘、好情缘。

2019年1月，农发行总行工会在合肥市召开座谈会，我有幸再次来到马标为之奋斗并奉献生命的农发行安徽省分行机关办公楼，睹物思人，感慨万千。尤其是当听到马标生前的同事介绍他“为了农业政策性金融事业辛勤笔耕，经常加班加点；为了文本‘不是精品不出手’的信念，字斟句酌，常常伏案到深夜，最后倒在他挚爱的工作岗位上”，不禁肃然起敬。马标，像蜡烛燃烧自己，将生命的光与热融入了农发行的事业之中。

天妒俊才。马标被突然降临的病魔夺去了宝贵的生命。农发行失去了一名好员工，妻子失去了一个好丈夫，女儿失去了一个好父亲，我们失去了一位好朋友。

值得欣慰的是，马标所做出的贡献得到了各级行党组织的认可和广大员工的赞誉，在2019年总行组织的“最美农发行人”的评选活动中，他与同样倒在工作岗位上的湖南省分行的甘克勤同志一起，入选第三届“最美农发行人”。这是对他最好的告慰，如果他在天国有知，也一定会高兴的。

回首与马标难忘的神交，写下上面的文字，以表达一份缅怀之情、一片追思之意、一番文友之谊。

（作者系马标好友，农发行湖北省分行原资深专员）